삶을 해치우듯
살아내는 당신에게

진세희
지음

삶을 해치우듯
살아내는 당신에게

당신이 믿는 모든 것이
틀릴 수도 있습니다.

행복우물

 꿈틀꿈틀 작고 통통한 애벌레가 기어갑니다. 온몸으로 땅
을 훑으며 뭉그적뭉그적 기어가는 애벌레를 보면서, 애벌레
의 세상은 어떤 모습일까 궁금합니다. 오직 몸에 닿는 감각에
만 의존해서 이 세상을 느끼고, 자기 몸으로 움직여낸 만큼만
의 세상을 알 수 있을 겁니다. 애벌레는 위에서 바라본 세상의
모습이 어떤지, 자신의 진짜 모습은 어떻게 생겼는지 전혀 알
수 없고 알 방법도 없습니다. 그저 발 밑만을 더듬으며 한 치
앞도 모른 채 앞으로 움직일 뿐입니다.

 애벌레를 보면서 '나도 이 애벌레랑 똑같구나.'라고 생각합
니다. 나도 애벌레처럼 오감이 전해주는 세상만을 인지할 뿐
입니다. 보고, 듣고, 냄새 맡고, 촉감으로 느껴지는 세상만을
알 수 있을 뿐, 오감 너머의 세상을 상상하기 힘들고, 그 존재
를 가늠하기조차 어렵습니다. 바로 일 분, 일 초 후의 일도 알

지 못하고, 내가 누구인지, 내 진짜 모습은 무엇인지, 나는 어디에서 와서 어디로 가는지도 모르는 채 그저 앞으로 나아갈 뿐입니다.

애벌레 같은 내가 너무나 답답하고 보잘것없게 여겨져 시작한 여행이었습니다. 분명 나는 애벌레가 아니고, 나의 본모습은 자유롭고 아름다운 나비일 거라고, 내 안의 나비를 꼭 찾아야 한다는 절실함으로 떠난 여정이었습니다.

하지만 여행의 어디쯤에서부터인가 지금 이대로의 내 모습과 현실이 나에게 가장 완벽한 모습이고 신성한 자리라는 것을 알게 되었습니다. 맨몸을 땅에 밀착시켜 온몸으로 그 땅을 느끼며 기어가는 애벌레처럼, 나의 몸으로 내게 주어진 이 삶을 온전히 통과해낼 때야 그 안에서 진정한 나와 신성을 만날 수 있음을 깨닫습니다.

밥 먹고, 자고, 똥 싸고, 이 몸으로 살아내야 하는 모든 일상에서 삶의 기적들을 봅니다. 나비가 되는 순간은 애벌레와 번데기의 구차하고 지루한 시기를 견뎌낸 후에 얻게 되는 그 어떤 특정한 한순간이 아니라, 온몸으로 세상과 현실을 껴안고 체험해내는 모든 순간에 있음을 알게 됩니다.

나비를 꿈꾸느라 지금의 자신과 현실을 외면한다면, 우린

삶을 헤치우듯 살아내는 당신에게

결코 삶이 주는 보물을 볼 수 없습니다. 행복의 파랑새를 찾아 여기저기를 헤매지만 결국 집 안 새장에서 파랑새를 찾았다는 동화처럼, 내가 그렇게 찾아 헤매던 '나비가 된 나'는 언제나 내 안에 항상 함께 있었음을 깨닫습니다.

지금 이 순간, 여기 이 자리, 이대로의 내 모습이 가장 완벽하고 아름다운 진실임을 느껴보세요. 삶의 모든 비밀은 지금 이 순간, 여기, 내 안에 있습니다.

차례

1장

매 순간
일어나야 할 일들이
일어납니다

내게 일어나는 모든 일은 한 치의 예외도 없이
나를 위한 완벽한 일이고
나에게는 꼭 일어났어야 하는 일입니다.

비가 투둑투둑 온 세상이 촉촉하고 차분합니다.
이렇게 비가 살금살금 오는 날은 왜 이리도 예쁠까요?
빗방울 하나하나마다
온 세상의 소음들을 다 껴안고
땅속으로 스며드는 이런 날에는
그 고요함과 적막함으로
지구의 숨소리마저 느낄 수가 있습니다.

지구의 냄새를 가득 품고 있는 공기를
한가득 들이마시고 내보내고
또 들이마셨다가 내보내기를 반복합니다.
숨쉬는 일은 얼마나 기적 같은 일인가요.
숨을 들이마시고 내쉴 때마다

매 순간 일어나야 할 일들이 일어납니다

온 우주도 나와 같이 호흡을 합니다.

지금 이 순간, 모든 것이 흐르도록 허용합니다.
집착하지 않고, 내 안에 가두지 않고,
내 것이라고 내가 했다고 내세우지 않고,
그저 나를 통해 흐르도록 허용합니다.

내게 일어난 일은 한 치의 예외도 없이
나를 위한 완벽한 일이고,
나에게는 꼭 일어났어야 하는 일이며
궁극으로는 내 영혼과 신이 날 위해 계획한 일임을 알고,
모든 것을 있는 그대로 받아들이고 허용합니다.

삶에서 일어나는 모든 일은
이미 그 자체로 다 좋은 일입니다.

아래로 내려가는 것은
바닥을 치고 더 높이 올라가기 위한 과정이고,
잃는다는 것은
비우고 더 새로운 좋은 것으로 채우기 위한 준비입니다.
이 세상은 그 자체가 에너지 파동으로 이루어져 있으므로
올라가면 반드시 내려가게 되어 있고

차면 이내 비우게 되어 있습니다.

그러니, 내려간다 느낄 때 두려움과 불안에 갇히기보다는
반드시 올라갈 것을 알기에
더 큰 도약에 대한 기대에 초점을 맞추고,
잃어버리는 상황에서는 상실에 대한 어둠에 머물지 않고,
미처 생각지 못한
새로운 차원의 채움이 있을 것에 대한 기쁨으로
나를 채웁니다.

삶은 그 자체로 한 치의 어그러짐이나 오차도 없이
완벽한 조화와 균형을 이루고 있습니다.
'지금'이라는 현실을 온전히 신뢰하고
삶이 내게 주는 모든 것을 있는 그대로 받아들입니다.
이건 좋네, 저건 싫네,
감히 판단하거나 분별하지 않고
지금 이 순간을 고요히 받아들이고 사랑합니다.

우리에게 일어나는 그 어떠한 일도 우연이란
없습니다. 모두 치밀한 씨실과 날실의
인과 관계 속에서 신의 큰 그림을 그려내기 위한
필연이고 기적입니다.

내가 원하는 것은
어떻게든 가장 최상의 방법으로 대답해주는
나의 우주가 참 좋습니다.
보이는 현실이 당시에는 내 맘에 들지 않더라도
그 상황을 축복하고
"더 좋은 것이 오고 있나 보네.
일어나는 모든 일은 다 좋은 거지."
이렇게 선언하고 받아들이면,
어느샌가 나의 우주는 슬그머니 내 눈치 한 번 보다가,
내가 원하는 것 이상으로
생각지도 못한 방법으로 일을 이루어줍니다.
그럴 때면 나는,
나의 우주가 일을 처리하는 방식에 늘 감탄합니다.

삶을 해치우듯 살아내는 당신에게

이런 일상의 기적들을 만나기 위해서는
소소한 알아차림이 필요합니다.
내 인생에 들어온 것들을
그저 당연이나 우연으로 여기지 않고,
그 상황이나 사람이 나에게 오기까지의 시간과 공간 사이의
인과 관계를 볼 수 있는 알아차림이 필요합니다.

우리에게 일어나는 그 어떠한 일도 우연이란 없습니다.
모두 다 치밀한 씨실과 날실의 인과관계 속에서
신의 완벽한 그림을 그려내기 위한
필연이고 기적입니다.

신의 개입 없이 우연히 어쩌다가 일어나는 일 따위는 없으며,
이 우주에 존재하는 모든 것은
결코 이유 없이 그 자리에 우연히 있는 게 아닙니다.

창틀에 내려앉은 먼지 한 톨조차도 가장 완벽한 모습으로,
가장 완벽한 시기에, 가장 완벽한 자기 역할을 해내고 있고,
민들레 홀씨 하나에도 어디 흠잡을 데 하나 없이
그 안의 완벽한 균형과 아름다움을 볼 수 있습니다.
삶의 모든 것이 완벽한 조화와 질서로 돌아가고 있습니다.

매 순간 일어나야 할 일들이 일어납니다

신이 나에게 주시는 거라면
당연히 지금의 나에게 가장 완벽하고 좋은 것임을 알기에,
내게로 오는 모든 것을 긍정하고 있는 그대로 받아들입니다.

삶은 결국 최상의 선으로 이루어짐을 압니다.
지극히 좁디좁은 편협한 나의 눈으로 세상을 판단하기에는
신은 우리의 상상을 넘어서 무한하고 절대적인 존재입니다.
일어나는 모든 일을 축복합니다.
내게로 오는 모든 사람을 사랑합니다.
지금 이 순간, 삶이 주는 모든 것을 판단 분별없이
있는 그대로 바라보고 받아들입니다.

삶을 해치우듯 살아내는 당신에게

태풍이 지나간 자리에는 보이는 것 너머에
더 새로운 변화와 생명의 창조가 일어납니다.

바람에 쓰러진 나무와 여기저기 부러진 나뭇가지들,
그리고 아직 때가 아닌데도
땅 위로 쏟아져 내린 밤, 도토리의 산열매들과
초록빛의 생생한 나뭇잎들이
태풍이 지나갔음을 말해줍니다.
그 요란하던 태풍이 지나간 후의 이 고요함과 평화로움이
참으로 생뚱맞고 능청스러워 얄밉기까지 합니다.
모든 살아 있는 것을 숨죽이게 만들고, 그 난리를 부리고서는
정작 본인은 아무 일 없는 듯 떠나버리고,
결국은 남아 있는 생명들이 그 자리에서
모든 걸 떠안고 다시 시작합니다.

파괴와 창조는 늘 한 세트로 다니는 거라

으레 당연하다 생각하면서도
가끔은 대자연의 무심함에 당황스러울 때가 있습니다.
인정사정 볼 것 없이 너무나 공평하게
모든 것을 한바탕 휘젓고 지나갔네요.

그럼에도 불구하고 태풍이 휩쓸고 간 후의 세상은
확실히 더욱더 성숙해지고 깊어짐을 느낍니다.
어려움이나 고통 없이는 결코 '깊이'라는 걸 가질 수 없는
삶의 법칙이 자연에서도 어김없이 적용됨을 봅니다.
어쩜 우리의 삶과 이리도 똑같은지요.

봄, 여름, 가을, 겨울의 사계절이
우리네 육신의 생성 소멸과 같고,
성숙과 정화를 위해서는
반드시 태풍이라는 걸 거쳐야 하는 것이
우리의 인생과 똑같습니다.

'나는 지금껏 몇 번의 크고 작은 태풍을 겪었나'
되돌아봅니다.
그리고 '내 앞에는 몇 번의 태풍이 남아 있을까'도
생각해봅니다.

삶을 헤치우듯 살아내는 당신에게

바로 코앞밖에 볼 수 없는 나의 시야로는
내게 일어나는 일들의 큰 그림을 결코 다 볼 수는 없지만,
내 삶에 오는 것은 전부 나에게 꼭 필요한,
일어나기로 되어 있는 일들임을 나는 압니다.

계속해서 지속되는 태풍도 없으며,
태풍이 지나간 자리에는 보이는 것 너머에
더 새로운 변화와 생명의 창조가 일어납니다.
내 삶의 태풍도 그래왔고 또 앞으로도 그럴 거라는 걸 알기에
나는 삶이 내게 주는 것에 그저 감사할 뿐입니다.

태풍이 지나간 후의 하늘은 왜 이리도 아름다울까요.
삶의 태풍을 잘 겪어낸 사람에게 느낄 수 있는
은은하고 깊은 아름다움이 이 하늘에서 느껴집니다.

매 순간 일어나야 할 일들이 일어납니다

이 세상에 '내 것'이라고 말할 것이 하나 없고,
'내가 했다'라고 내세울 것도 하나 없습니다.
'나'라는 생각을 내려놓고 또 내려놓으면
삶에서 두려워하거나
불안해할 게 하나도 없습니다.

아무도 없는 어둑한 산길을 오르며 가쁜 숨을 내쉬는데
호흡이 내 의지로 행하는 게 아닌
어떤 알 수 없는 힘에 의해서 이루어지는 것이 느껴집니다.

내 이 한 몸을 살리기 위해서
이루어지는 생명 활동 중에서 내 의지로
온전히 내 힘으로 이루어지는 것이 무엇이 있을까요?
끊임없는 호흡과 심장박동으로 온몸에 산소를 공급하고,
먹은 음식을 소화시켜 영양분을 공급하고
노폐물을 배설하며,
체온을 유지하고 대사를 위한 호르몬들을 생성하고 분비하는
몸에서 일어나는 이 모든 일들 중에서
내 생각과 의지로 이루어지는 것은 하나도 없습니다.

삶을 해치우듯 살아내는 당신에게

그야말로 우리는
살고 있는 것이 아니라 살려지고 있는 것입니다.

몸 안에서 이루어지는 그 모든 과정을 들여다보면 볼수록
내 몸의 세포 하나하나가 그 자체로
완벽한 하나의 우주임을 인정하지 않을 수 없습니다.
우리 몸의 세포 하나하나는
자기 역할을 충분히 인식하여 행하고
그 자체로 생성과 소멸을 반복하는 하나의 소우주입니다.

내 몸은 내 것이 될 수가 없습니다.

내 몸은 내 의식의 지배 아래 있는
그 어떤 물리적인 것이 아닌,
알 수 없는 커다란 힘에 의해 운용되는
에너지의 집합체입니다.
몸을 통해 느껴지는 모든 오감,
몸을 통해 나가는 나의 행동들,
이것들 또한 내가 아닙니다.
세상에서 이 몸을 통하여 경험하는 것들은 전부
그 순간 인연 따라 일어났다 사라지는 허상들입니다.

이 세상에 내 것이라고 말할 것이 하나 없고
내가 했다고 내세울 것이 하나 없네요.
이 몸도 잠시 빌려 쓰는 것일 뿐이고
그저 신이 주신 대로
순간순간을 경험해서 살아내는 것뿐인데
무에 그리 상실의 두려움이나 고통이 있을 수 있을까요.

죽음이 두렵고 미래를 걱정하는 건
가지고 있는 것을 잃을까 봐
집착으로 인해 생긴 것인데
애초에 내 것이 하나도 없는데
무얼 두려워하고 아쉬워할 수 있을까요.

'내 것'은 하나도 없음을
'나'라고 내세울 게 하나 없음을 자각하고 또 자각합니다.
이 몸도, 이 호흡마저도
내 것이 아니고 내가 행하는 게 아닙니다.

'나'라는 생각을 내려놓고 또 내려놓으니
삶에서 두려워하거나 불안해할 게 하나도 없네요.
그저 지금 이 순간에 존재할 뿐입니다.

신이 주신 리듬에 따라
묵묵히 자기 할 일을 해내는 자연처럼,
나 또한 신이 날 위해 무엇을 준비해 놓았든
온전히 믿고 내맡깁니다.

황금빛 태양이 온 세상을 따뜻하게 품어주네요.
태양은 어느 한 군데 빠짐없이 더하거나 덜함도 없이
골고루 그 빛을 온 세상에 내어줍니다.

그 빛을 스스로 가리고서는
나에게는 빛이 안 온다고 절망하는 것도 우리요,
그 빛으로부터 멀어지면서
남보다 빛을 덜 준다고 불평하는 것도 우리입니다.

자연은 결코 절망하거나 불평하는 법이 없습니다.
숲의 깊은 곳, 사람의 눈이 닿지 않는 구석진 곳에서도
꽃은 최선을 다해 꽃잎을 피워내고,
고생해서 힘들게 피워낸 꽃일지라도

매 순간 일어나야 할 일들이 일어납니다

때가 되면 미련 없이 화사한 꽃잎들을 땅에 떨구고
새로운 변화에 기꺼이 자리를 내줍니다.

아래로 아래로 뻗어가는 나무의 뿌리는
자기 가는 길목에 돌이 있다고 해서
가는 길을 멈추거나 그 돌을 뚫으려 저항하지 않고
갈 수 있는 길을 찾아 고요히 뿌리를 내리고,
땅 위의 나무들은 누가 더 꽃을 빨리 화려하게 피우는지
혹은 누가 더 크고 우람한지
결코 비교하거나 내기하는 법도 없습니다.
그저 자기가 있는 그 자리에서
자신의 모습을 충실히 표현할 뿐입니다.

자연은 모든 것이 평화롭고 조화롭고 부드럽습니다.
저항하지도 않고
뭘 자기 힘으로 어찌해보겠다는 애씀도 없이
신이 주신 리듬에 따라 묵묵히 자기 할 일들을 해낼 뿐입니다.
인간인 우리도 자연이기에 이와 한 치도 다름이 없습니다.

다만 '이건 좋고, 저건 싫고' 이렇게 구분짓기를
좋아하는 인간의 마음이
지금 이 순간의 온전함을 가릴 뿐입니다.

지금 이 순간, 모든 것은 이미 이대로 완벽합니다.
좋고 싫고, 옳고 그르고, 더 낫고 못하고
모든 것을 나누고 판단하는 우리의 생각이
이 세상을 불완전하게 만듭니다.

신이 주신 내 모습, 내 상황이
감히 마음에 든다, 안 든다 어떻게 말할 수 있을까요.
지금 이대로의 나는
신이 주신 가장 완벽한 나의 모습임을 받아들이고
판단 분별없이 지금 내 앞에 주어진 일들을
잠잠히 해내면 됩니다.

신이 주신 오늘 하루가 참 좋네요.
신이 날 위해 무엇을 준비해놓았든
온전히 믿고 내맡깁니다.

매 순간 일어나야 할 일들이 일어납니다

늙음의 과정을 통해 우리는
'비움'과 '내려놓음'이라는
삶의 최고의 과제를
부드럽게 배울 수 있습니다.

완연한 가을날이네요.

달라진 공기의 냄새와 깊어진 하늘과 햇살의 분위기가

자연스레 가을임을 느끼게 해줍니다.

우수수 떨어지는 낙엽들을 보니 연둣빛 새싹이 생각납니다.

싹이 돋아나는 걸 본 것이 엊그제 같은데

벌써 낙엽이 되어 떨어지는구나 싶어

삶의 무상함이 느껴집니다.

꽃을 피워 화려하다 싶으면 이내 져버리고

잎이 한창 푸르다 싶으면 금세 낙엽이 되어 떨어집니다.

인간의 삶도 마찬가지입니다.

밖으로 쭉쭉 뻗는 싱싱하고 푸르른 젊은 시절은

눈 깜짝할 사이에 지나가버리고

삶을 헤치우듯 살아내는 당신에게

어느새 마르고 앙상해지는 수렴의 단계로 들어선다는 사실에
왠지 맘이 허전하고 슬퍼지네요.
아직 비움과 내려놓음을 한참 더 배우고 익혀야 하나 봅니다.

사람이 늙지 않고 나이 들어도 젊은 시절의 모습과 체력으로
그렇게 빳빳하고 빵빵하게 살다가 죽는다면
무슨 수로 비움과 내려놓음을 배울 수 있을까요.
시간이 갈수록 견고해지는 '나'라는 껍질 속에서
오만과 자만으로 똘똘 뭉쳐
'나'라는 자의식만 강하게 부여잡은 채
삶을 마감하게 될 겁니다.

한 해 한 해 나이를 먹어감에 따라
육신의 쇠퇴를 겪게 함으로써
빵빵한 풍선에 바람이 빠져 말랑말랑해지듯
그렇게 서서히 부드럽게
비움과 내려놓음을 배울 수 있게 해준
신의 친절함에 감사합니다.

뭐든지 밖으로 향하는 어린 시절을 돌아
이젠 안으로 들어가 나 자신을 만나는 시기로 들어서니
이 또한 고요한 설렘을 동반하네요.

밖에서 찾아 헤매던 나를 이젠 내 안에서 찾습니다.

항상 '여기'가 아닌 '저기'를 바라보고,
'지금 이 순간'이 아닌 '미래의 어느 날'만을 기대하며
빛나고 반짝이는 내 바깥의 무언가를 쫓던
거품 가득한 시기가 가라앉고,
모든 것은 이미 내 안에 있음을,
내가 보는 바깥세상은 내 안의 조그만 조각에 지나지 않음을
이제야 깨닫습니다.

이 세상은 그야말로 한 치의 실수나 오차도 없이
완벽하고 경이롭고 조화롭습니다.
신이 우리를 위해 베풀어준 이 모든 축복과 친절에
그저 감사할 뿐입니다.

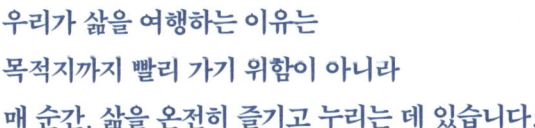

우리가 삶을 여행하는 이유는
목적지까지 빨리 가기 위함이 아니라
매 순간, 삶을 온전히 즐기고 누리는 데 있습니다.

하루를 보낸 후 자기 전에 그날을 되돌아보면
'내가 왜 그랬을까'
'그 순간에 왜 그런 선택을 하고 그런 행동을 했을까'
하는 후회를 하곤 합니다.
물론 그 순간에는 그 선택이 나의 최선이었을 수도 있고
혹은 무의식에서 나온 행동이었을 수도 있습니다.

좀 더 효율적이고 실수없이 상황이 처리되고
내 의도대로 일들이 진행되기를 희망하지만
그렇지 못하는 경우가 늘 있기 마련입니다.
그럴 때마다 나는
'삶이 이래서 더 풍요롭고 재미난다'라고 생각합니다.

어느 목적지까지 가는 데,

최단 거리로, 최상의 속도로,

목적지만 향해 쭉 가는 여행이 무슨 재미가 있을까요.

때로는 샛길로 빠져 헤매기도 하고,

가다가 내 눈을 사로잡는 것이 있으면

필요한 게 아닐지라도

삶의 여행에 짐을 보태기도 하고,

다른 여행자들을 만나 나눠주고 받기도 하면서

그렇게 앞으로 나아가는 게 우리네 삶입니다.

삶은 수학 공식처럼

숫자를 집어넣으면 깔끔하게 딱 떨어지는

그 무언가가 아닙니다.

어떨 때는 1을 집어넣으면 10이 나오기도 하고,

때로는 마이너스 10이 나오기도 하는

유연하고 재미난 곳입니다.

그러므로 우리가 해야 할 일은

인생에서 어떤 숫자가 나오든 간에

지금 내가 가고 있는 이 삶이라는 여정을

온전히 신뢰하고 즐기기만 하면 됩니다.

우리가 삶의 여행을 하는 이유는
목적지까지 빨리 가는 데 있는 게 아니라
매 순간, 존재의 기쁨을 느끼는 데 있습니다.

지금 이 순간이
곧 우리가 이 여행을 하는 이유이자 목적입니다.

우리는 모두 결국 집에 도착하게 되어 있습니다.
목적지까지 가는 데 너무 아등바등 심각하게
애쓰지 않아도 됩니다.
삶은 풀어야 할 어려운 문제들로 가득한 시험장이 아닌,
그저 즐기고 체험하는 신나는 놀이터입니다.

우리가 신께 드릴 수 있는 최고의 기도는
뭘 더 해달라고 조르는게 아니라
지금 이대로도 이미 충분하다는
감사의 고백뿐입니다.

밤새 비에 깨끗이 씻겨 온 세상이 차분하고 정갈합니다.
더욱더 진해지고 깊어진 공기와 묵직하게 가라앉은 하늘이
밖으로 향하는 나를 내 안의 중심으로 밀어넣습니다.
이런 날에는 나의 본질에 대한 질문을 계속해서 하게 됩니다.

나는 누구인지,
나는 왜 여기에 이 모습으로 존재하는지,
나는 지금 여기서 무얼 하려 하는지.

나의 이름이나 직업, 누구의 딸, 아내, 엄마라는 역할은
내가 될 수가 없습니다.
이것들은 내가 이 삶에서 맡고 있는 배역에 불과합니다.
매일 매 순간 변화하고 사라지는 이 몸도

내가 될 수 없습니다.

그렇다면 나는 누구일까요?
그저 '모른다'라는 대답만 메아리처럼 돌아오는 이 질문을
나는 오늘도 고요히 던져봅니다.

내가 누구인지는 모르겠지만
이대로가 지금의 나에게 가장 완벽하고 온전한,
최상의 모습이라는 것은 알 수 있습니다.

그걸 어떻게 알 수 있냐고요?
내가 '지금 이 순간, 이 모습'으로 존재하기 때문입니다.

수없이 많은 퍼즐 조각 중
하나만 없어도 완성되지 않는 퍼즐 그림처럼
지금 이 순간의 나에게
조금이라도 어긋나거나 어울리지 않는 것은
나의 세상이라는 모습으로 내 앞에 나타날 수가 없습니다.

오감이라는 틀에 갇힌 우리의 지각에 비춰지는 현실이
아무리 불완전해 보이고 불합리해 보여도
내게 펼쳐진 이 세상은 오롯이 나를 위해

백 퍼센트 맞춤으로 준비된 세상입니다.

지금 이대로의 내 앞의 사람이 나에게는 완벽한 사람이며,
지금 이대로의 내 현실이 내 몸에 한 치의 어긋남도 없는
맞춤 옷임을 인정합니다.
지금 이대로의 내 모습은
내가 그토록 원하던 딱 그 모습입니다.

그렇기에 내가 지금 보고 느끼는 이 세상에서
더하거나 뺄 것 하나 없이
이대로 충분히 아름다움을 느낍니다.

우리가 신께 드릴 수 있는 최상의 기도는
뭘 더 해달라고 조르는 게 아니라,
지금 이대로도 이미 충분하다고
감사의 고백을 하는 것입니다.

지금 이대로도 이미 충분합니다.
지금 이대로도 이미 완벽합니다.
지금 이대로
더할 나위 없이 감사합니다.

삶을 해치우듯 살아내는 당신에게

태어남이 축복이라면 죽음도 축복이고
얻는 것이 기쁨이라면 잃는 것 또한 기쁨입니다.
삶이 가져다주는 것은
그 어느 것 하나 선물 아닌 것이 없습니다.

가을을 통째로 품고 있는 산과 하늘이
이대로 더할 나위 없이 좋습니다.
창조와 파괴를 반복하는 자연의 변화가
이제야 눈에 보입니다.

세상의 모든 것은
생겨났다가 사라지고, 올라갔다가 내려가고,
가득 차오르다가 다시 이지러지기를 끊임없이 반복합니다.

태어남과 동시에 죽음도 이미 같이 존재하고,
올라간다는 것은 내려옴을 미리 약속하는 것이며,
한없이 계속 차오르기만 하는 달도 없습니다.

매 순간 일어나야 할 일들이 일어납니다

멀쩡한 장난감을 계속 부수고 조립하기를 반복하는
아이를 보면서도
이 세상은 붙었다 떨어지기를 반복하는
에너지의 진동으로 이루어져 있음을 확인합니다.

우리는 이미 그것을 알고 있습니다.
사랑하기 시작하는 순간 이별의 순간을 두려워하고,
행복과 기쁨을 느끼는 순간
그 감정이 이내 사라져버릴 것에 아쉬워하며,
지금 내 손안에 있는 것은 결국은 떠나보내야 한다는 것을
우리는 이미 너무나도 잘 알고 있습니다.

지금 이 순간의 이것이 영원하지 않다는 것을 알기에
우리는 더욱 집착하게 되고 붙잡으려고 안달합니다.
하지만 모든 것은 끝이 있기에 더욱 빛날 수 있고,
변하고 사라질 것을 알기에
그 순간이 더욱 소중할 수가 있는 것입니다.

한가득 품고 있던 나뭇잎들을 땅으로 다 떨어뜨리고
나뭇가지만 앙상하게 남아 있는 메마른 나무들을
예전에는 '볼품없어 슬프다' 생각했는데,
이제 보니 참으로 멋스럽네요.

치렁치렁 여기저기 매달려 있던 군더더기들을 다 떨구어내고
하나 집착할 것도 없고 거칠 것도 없이
그렇게 홀가분하고 자유로워 보일 수가 없습니다.

나도 내 인생의 가을이 되면
저 나무들처럼 해야 할 일들을 다 마치고
삶의 거추장스러운 것들을 다 걷어내고
저렇게 가볍고 자유로울 수 있을까요.

삶이 가져다주는 것은
그 어느 것 하나 선물 아닌 것이 없음을
깊은 가을의 아침에 새삼 깨닫습니다.

태어남이 축복이라면 죽음도 축복이고
얻는 것이 기쁨이라면 잃는 것 또한 기쁨입니다.
삶의 모든 것은 다 좋습니다.

문제와 질문이 있는 곳에는
언제나 완벽한 해결책과 정확한 답이 존재합니다.
단, 그것에 충분히 깊게 들어갈 수 있는
지혜와 용기가 있어야 합니다.

문제가 있는 곳엔 언제나 완벽한 해결책이 존재하며,
질문이 있는 곳엔 언제나 정확한 답이 존재합니다.
우리가 그 해결책과 답을 보지 못하는 이유는
그 문제와 질문에 충분히 깊이 들어가지 못해서입니다.

문제라고 느껴지는 상황 앞에서
지레 겁먹고 도망칠 준비부터 하거나,
내게 떨어진 질문을 수박 겉핥기 하면서
액세서리처럼 달고만 다닌다면,
우리는 그 문제와 질문의 본모습을 절대 볼 수가 없습니다.

모든 문제는, 단단한 데다 가시까지 박힌 겉껍질을 통과해
충분히 그 안에서 일정 시간을 같이 머물러 주어야만

삶을 헤쳐우듯 살아내는 당신에게

우리에게 그 안의 달콤하고 말랑말랑한 모습을 보여주고,
나를 찾아온 질문에 대해서는 답을 찾는 시늉만이 아닌
본질을 꿰뚫는 집중과 애씀이 있어야만
그것에 대한 진정한 답을 알 수 있습니다.

어쩌면 우리는 문제를 인식하는 순간
이미 해결책을 알고 있으나
애써 외면한 채 문제의 주위만을 빙빙 맴돌고,
자기 안의 질문들 또한 이미 그 답을 알고 있음에도 불구하고
기억하지 못하는 척 숨바꼭질을 하고 있는지도 모릅니다.

어른이 되는 것을 거부하는 피터팬처럼,
잠에서 깨기 싫어하는 어린애처럼,
지금 이대로 철없음의 상태에 머물고 싶어 하는
내 안의 내면 아이를 봅니다.
당장 입 안의 달콤한 사탕이 좋고,
눈앞의 장난감들에 기꺼이 끌려다니고 싶어 하는
내 안의 어린아이를 토닥토닥 안아줍니다.
달콤한 사탕과 초콜릿이 물릴 때까지,
나를 현혹한 장난감들이 싫증 나
나에게 아무런 의미가 없어질 때까지,
충분히 기다리고 또 기다려줍니다.

문제와 질문에 충분히 깊이 들어갈 수 있는 지혜와 용기는
이미 우리 안에 있습니다.

모든 것은 그것이 익을 때까지 충분한 기다림이 필요합니다.

삶의 모든 문제는 내가 '나'를 내세우고
'나'라는 상이 만들어낸 허상에 집착하기 때문에
생겨납니다.

'인연 따라간다.'는 말이 참 좋습니다.
억지로 함이 없이 시절 인연 따라 되기로 되어 있는 대로
자연스레 흘러가고 만났다 헤어지는 이 세상의 법칙이
너무나 완벽하고 조화로워 감탄스럽습니다.

'인연 따라간다.'는 말 속에는
매 순간에 내가 할 수 있는 최선을 다하되
내 욕심과 의도를 내려놓고
힘을 빼고 텅 빈 마음으로 행한다는 의미도 들어 있고,
내 삶에 그 어떤 것이 오더라도
그 순간의 나를 위한 완벽한 상황과 인연임을 알고
온전히 받아들이고 수용한다는 의미도 들어 있습니다.

매 순간 일어나야 할 일들이 일어납니다

'이렇게 되어야 해!'라는
나의 좁디좁은 식견과 이해가 내세우는 고집만 내려놓는다면
삶에서 문제될 것은 하나도 없습니다.

삶의 모든 문제는 내가 '나'를 내세우고
'나'라는 상이 만들어낸 허상에 집착하기 때문에 생겨납니다.

이렇게 되면 어떻고, 저렇게 되면 어떤가요.
이건 이래서 좋고, 저건 저래서 충분히 좋을 수 있습니다.

우리는 '나'라는 상으로 틀을 세워놓고
그 틀에 삶의 모든 것을 끼워 맞추려고 애씁니다.
하지만 내가 '나'라고 세워놓은 그 틀의 기준은
어디에서 온 걸까요.
자세히 들여다보면 내 생각이 만들어낸 이야기일 뿐
그 어느 것 하나 진실인 게 없습니다.
모든 것은 내가 이 삶이라는 게임을 하기 위해
스스로 세워놓은 규칙에 불과합니다.

진실이 아닌 것들을 붙잡고
너무 많은 에너지를 소모하지 않아도 됩니다.

　　　　　　　　삶을 해치우듯 살아내는 당신에게

가장 알맞은 때에,

가장 완벽한 인연이 내게 온다는 것을 알고,

그저 믿고 맡기고 즐기면 됩니다.

'나'를 고집하지만 않으면

모든 것은 이대로 더할 나위 없이 완벽하고 온전합니다.

삶에서 일어나는 일은 다 좋은 겁니다.
그때 일어나지 말았어야 하는 일 또한
모두 그 이유와 존재의 목적을 가지고
우리에게 옵니다.

골이 없이는 마루에 오를 수 없고,
두려움과 마주하지 않고서는 그 실체를 볼 수 없으며,
감정의 혼란을 관통하지 않고서는
성장이라는 것을 할 수가 없습니다.
우리는 늘 평탄하고 조용한 일상을 보내기를 원하지만
삶을 흔들어 깨우는 변화와 소용돌이는 언제나 존재합니다.
어쩌면 자신을 시험하려고
스스로에게 보여주는 환영일지도 모릅니다.

한 생각에서 일어난 소용돌이는
무서운 속도로 불어나서 우리를 집어삼키고,
일단 그 안에 갇히면 어디서부터 어떻게 그 소용돌이를
빠져나와야 할지 몰라 당황하게 됩니다.

삶을 해치우듯 살아내는 당신에게

그럴 때는, 그 안에서 충분히 있어 주는 것이 필요합니다.

성급하게 빠져나오려고 너무 애쓰지 말고,

결국은 끝이 있을 거라는 것과

항상 더 좋은 결과를 가져올 거라는 믿음으로

그 안에서 힘을 빼고 기다리는 시간이 필요합니다.

그렇게 힘을 빼고 나의 온 존재를 믿고 맡기면,

어느 순간에 소용돌이가 가라앉고

거기에서 더 깊어진 평화와 기쁨을 발견하게 됩니다.

너무 애쓰지 않는 것도 필요합니다.

이리저리 머리 굴리거나,

거기서 어떻게든 나의 의도대로 끌고 가려는

억지도 부리지 않는 것이 좋습니다.

그저 바라보고 또 바라보고,

이 소용돌이가 나를 어디로 데려갈 것인지

흥미로운 마음으로 지켜보는 것이 좋습니다.

좁디좁은 나의 편견과 시야로 삶을 억지로 끌고 가는 것보다

삶에게 자신을 통째로 탁 놓아 맡길 때

오히려 더 좋은 결과와 뜻밖의 선물을 받게 됩니다.

삶에서 일어나는 일은 다 좋은 겁니다.

매 순간 일어나야 할 일들이 일어납니다

그때 일어나지 말았어야 하는 일 또한

모두 그 이유와 존재의 목적을 가지고 우리에게 옵니다.

부정하지 말고 거부하지 말고

삶에서 일어나는 일들을 열린 마음으로 수용하면

살아 있어서 겪을 수 있는 모든 것에 감사하게 됩니다.

**내 몸으로 직접 통과하지 않으면
절대 알 수도, 느낄 수도 없는 것이 이 세상입니다.
내 세상의 중심에 기꺼이 나를 내맡깁니다.**

변화란 늘 설렘과 두려움을 동반합니다.
어떨 때는 설렘보다 압도적으로 큰 두려움에
단 한 발짝도 못 나갈 때도 있고,
내 안에 안주하고자 하는 게으름에
최대한 버틸 수 있을 때까지 변화에 저항하기도 합니다.
하지만 모든 것은 늘 변하기 마련이고
우리의 의지와는 상관없이
삶은 계속해서 끊임없이 앞으로 나아갑니다.

우리가 할 수 있는 선택은 딱 두 가지입니다.
변화에 저항하며 질질 끌려가는 것과
변화를 흥미로운 시선으로 바라보며
기꺼이 자신을 그 흐름에 맡기는 것입니다.

매 순간 일어나야 할 일들이 일어납니다

우리는 결말이 뻔하고 이미 줄거리를 아는 영화는
지루해서 보지도 않으면서,
이상하게도 우리의 삶에 있어서는
모든 것을 예측 가능하고
통제 가능한 것으로 두고 싶어 합니다.

만일 내가 내 삶의 모든 이야기를 다 안다면
얼마나 지루하고 따분하고 재미없을까요.
다음 순간에 무슨 일이 벌어질지 모르기에
지금 이 순간이 살아 있을 수 있고 빛날 수 있습니다.

내가 지금 가는 이 길 도중에 어떤 풍경을 보게 되고
어떤 보물들을 줍게 될지 알 수 없기에,
나의 이 한 발 한 발이 의미 있고 아름다울 수 있습니다.
내가 지금 하고 있는 이 행위가
어떤 큰 그림의 퍼즐의 한 조각인지 알 수가 없고,
내가 지금 내딛는 이 발걸음이
미래의 나의 어떤 길과 연결될지를 알 수 없기에
삶이 흥미롭고 생생하게 살아 움직일 수 있습니다.

모든 것을 내 통제 안에 두려는 의도를 내려놓습니다.
변화를 거부하고 익숙한 것에 머물려는

나의 이 게으른 관성을 가볍게 무시해줍니다.

내 몸으로 직접 통과하지 않으면
절대 알 수도, 느낄 수도 없는 것이 이 세상입니다.
내 세상의 중심에 기꺼이 나를 내맡깁니다.

2장

오직 우리의 마음이
좋고 나쁨을
만듭니다

이 세상은 본래 아무 일도 일어나지 않습니다.
오직 우리의 생각만이
일어났다 사라질 뿐입니다.

날이 잔뜩 흐리더니 빗방울이 한두 방울씩 떨어지네요.
온 세상이 회색의 구름 이불로 감싸인 듯
포근하고 아늑합니다.

빛이 강할수록 그림자도 진하고,
빛을 받는 면적이 클수록
그림자의 크기도 커질 수밖에 없습니다.
우리가 사는 이 이원성의 세상에서는
빛만을 취할 수는 없으며,
빛을 받는 만큼 그에 따르는 그림자도 같이 껴안아야 합니다.
빛이 나의 세상이면
그림자도 나의 세상인 것입니다.

오직 우리의 마음이 좋고 나쁨을 만듭니다

살다 보면 한껏 위로 올라가는 시기가 있고
예상치 못하게 아래로 추락하는 시기도 있습니다.
전혀 생각지도 못한 곳에서 돌부리에 걸려 넘어지기도 하고
내 의지와는 상관없이
모든 것을 내려놓게 되는 때도 있습니다.
그때 대부분 사람들은
'이런 일이 일어나지 않았다면 얼마나 좋을까.'
'그때 그러지 말았어야 했는데….'
이렇게 상황과 타인을 탓하며
과거의 그 시점에서 벗어나지 못합니다.
고통과 절망이라는 감정에 짓눌려
하루를 버텨내는 것마저 버겁게 느낍니다.

하지만 자세히 들여다보면
'지금 이 순간'에는 아무 일도 없습니다.
내가 고통스럽고 힘든 이유는
그 일에 대한 나의 해석과 생각의 무게 때문입니다.
지금 이 순간에 나는 숨을 쉴 수가 있고
이렇게 살아 있어 움직일 수가 있습니다.

'지금 이 순간'은 아무 문제가 없습니다.

삶을 해치우듯 살아내는 당신에게

지나간 일에 대한 후회, 다가올 미래에 대한 두려움,
타인에 대한 원망, 자신에 대한 미움,
이 감정들은 생각이 만들어낸 것이지
실재하는 것이 아닙니다.
이런 생각들을 일으키지 않고 지금 이 순간을 바라보면
아무 일 없는 이 세상을 보게 될 것입니다.

이 세상은 본래 아무 일도 일어나지 않습니다.
오직 우리의 생각만이 일어났다 사라질 뿐입니다.

오직 우리의 마음이 좋고 나쁨을 만듭니다

> 삶의 모든 기적은 지금 이 순간,
> 여기 이 자리, 내 안에 있습니다.

하늘에서 숲으로 쏟아져 내리는 햇살이
감동을 넘어 경건의 영역으로 나를 이끕니다.
나와 이 세상을 창조한 무한히 큰 존재의 한 귀퉁이가
언뜻 느껴지면서 한없이 숙연해지고 가슴이 벅차오릅니다.

우리는 하루하루의 일상을 당연하다 못해
지루하고 지겹게 여길 수도 있고,
태양의 햇살 한 올 한 올부터 몸을 감싸는 바람 한 줄기,
그리고 걷고, 뛰고, 먹고, 마시고, 숨쉬고 살아서 경험하는
삶의 모든 것을 기적이고 축복처럼 느낄 수도 있습니다.

산길을 걷는데,
내 두 발이 이토록 신기하고 대견할 수가 없습니다.

내가 애써 의식하지 않아도 두 발은
온몸의 균형을 절묘하게 유지하며 걷고 뛰고 움직입니다.
경사진 곳을 오르고 내리거나 울퉁불퉁한 곳을 디딜 때
발바닥의 어느 부분에 힘을 더 주어야 하는지,
또 어느 각도로 발을 틀고
땅과 발바닥의 반동을 얼마만큼 이용해야
다음 발이 앞으로 나아갈 수 있는지,
두 발은 내가 일일이 계산할 필요도 없이 스스로 알아서
정확한 위치에 발을 내디디고
몸의 무게를 실어 균형을 유지하면서 앞으로 나갑니다.

이것이 기적이 아니면 무엇을 기적이라 말할 수 있을까요.

지금 이 순간의 한 호흡, 생겨남의 순간부터 죽는 순간까지
끊임없이 뛰는 심장,
보고, 듣고, 냄새 맡고, 먹고, 배설하고,
나를 살아 있게 하는 이 모든 생명 활동이
얼마나 기적 같은 일인지
우리는 평소에 전혀 의식하지 못하고 살아갑니다.

내가 지금 무심코 들이마시고 내쉬는 이 호흡 하나에도
상상하기 힘든, 정교하고 복잡한 신의 손길이 깃들어 있고,

오직 우리의 마음이 좋고 나쁨을 만듭니다

나 하나를 살아 있게 하기 위해서
온 우주가 작동하여 나를 돌봐주고 있습니다.
살아서 존재한다는 것은
이미 그 자체로 엄청난 기적이고
축복이라고밖에 말할 수 없습니다.

하지만 우리 대부분은 그 사실을 망각하고
늘 내 밖의 무언가를 쫓기에 바쁩니다.
지금 내 손의 이것보다는 남의 손의 그것이 항상 탐이 나고,
지금 여기 이 자리가 아닌 저 자리가 빛나 보이고,
지금 이 순간이 아닌 그 어떤 순간을 기대합니다.

삶의 모든 것은 지금 이 순간, 여기 이 자리, 내 안에 있습니다.
지금 이 순간이 기적이고
지금 여기 이 자리의 내가 기적이고
지금 내가 가진 모든 것이 기적입니다.

내 앞에 아직 나타나지 않은 기적을 기대하느라
이미 나에게 펼쳐진 기적들을 누리지 못하는 것은
바보 같은 짓입니다.
아인슈타인의 말처럼 인생을 사는 방법은 딱 두 가지입니다.
하나는 아무 기적도 없는 것처럼 사는 것이고

다른 하나는 모든 일이 기적인 것처럼 사는 것입니다.

삶의 모든 것은 기적입니다.

오직 우리의 마음이 좋고 나쁨을 만듭니다

일어난 일은 그저 일어날 뿐입니다.
모든 일은 중립이고,
그 일이 좋은 일이 되느냐, 나쁜 일이 되느냐는
온전히 나의 해석에 달린 일입니다.

간밤에 내린 비로 촉촉이 젖은 숲의 빛과 향기는
그 자체로 치유의 에너지가 가득합니다.
모든 것을 품어내는 깊고 넓은 숲은
이리저리 흩어지는 내 마음을 하나로 모아주고
보이지 않는 끈으로 단단히 다시 꽉 묶어주기까지 합니다.
내 마음의 중심 자리에 다시 중력이 생김을 느낍니다.

바람에 흔들리지 않고
생각과 감정에 휘둘리지 않는
묵직하고 단단한 내 마음의 심지를 오롯이 느껴봅니다.
내 안의 내가 나에게 고요히 그리고 부드럽게 말해주네요.

"일어난 일은 그저 일어날 뿐입니다.

거기에 아무런 의미도 부여하지 마십시오.
굳이 생각과 감정을 더하고 싶다면
오직 좋은 것, 긍정적인 것만 가져다 붙이세요."

일어난 일은 그저 일어날 뿐입니다.
거기에 의미를 부여하는 건 내 생각과 감정입니다.

모든 일은 중립이고
그 일이 좋은 일이 되느냐, 나쁜 일이 되느냐는
온전히 나의 해석에 달린 일입니다.
우주에는 좋은 일 나쁜 일이 없으며
더 낫고 못함도 없습니다.
그저 일어날 뿐입니다.

그 일어난 일에
좋은 일, 나쁜 일이라 이름 짓고 분별하는 것은
내 마음 안에서 내 생각이 지어내는 것일 뿐입니다.

내게 주어진 일들을
생각이나 이야기를 더하지 않고 있는 그대로 바라봅니다.
개울가에 쪼그리고 앉아서 흐르는 개울물을 바라보듯
그렇게 무심하게 텅 빈 마음으로 바라봅니다.

오직 우리의 마음이 좋고 나쁨을 만듭니다

흐르는 물은

자기가 가는 길이 좋네, 나쁘네 분별하는 법이 없으며,

앞을 가로막는 것이 나타나더라도

그것을 붙잡고 씨름하지 않습니다.

길이 있으니 가고,

가던 길이 막히면 다른 길을 찾아갈 뿐입니다.

모든 문제는 내가 문제라고 바라보기 때문에

문제일 수 있습니다.

원래부터 문제였던 것은 없으며

모든 상황은 그 자체로 중립입니다.

나의 판단과 분별이 들어가지 않으면

나의 생각들이 더해지지 않으면

모든 것은 있는 이대로 이미 완벽하고

온전함을 느낄 수 있습니다.

이 세상에는 그리 크게 겁먹을 일도,
너무나 대단해서 못 해낼 일도,
꼭 해야만 하는 중요한 일도 없습니다.

내가 갇힌 이 세계를 톡, 톡, 톡, 두드립니다.
말랑말랑한 게 손을 쑥 집어넣으면
그 너머의 세상이 잡힐 듯합니다.
자신이 정한 한계의 금을 넘어가는 데
그리 비장한 각오나 용기 따위는 필요 없습니다.
그냥 모래 위에 그어진 금을 쓱 넘어가듯
그렇게 자연스레 지나가면 됩니다.

뭐든 하고 나면 별것 아닙니다.
이 세상에는 그리 크게 겁먹을 일도 없고,
너무나 대단해서 못 해낼 일도 없고,
꼭 해야만 하는 중요한 일도 없습니다.

오직 우리의 마음이 좋고 나쁨을 만듭니다

그저 해보고 싶어서 할 뿐입니다.
아직 가보지 않은 세상을 경험하고 싶어서
자신을 표현하고 싶어서
깊은 내면의 목소리가 들려서
그리고 천진한 어린아이의 순수함으로 그냥 하고 싶어서.

이 세상은 살아남기 위해서
하기 싫지만 억지로 해야 하는 것투성인
투쟁의 장이 아닙니다.
'하기 싫다'는 마음도 내가 만든 상이고
세상은 원래 그런 곳이라는 관념도
내가 스스로 지은 것입니다.
조금만 자세히 관찰해보면
그 어떤 것도 누가 나에게 강요한 것이 하나 없고
나의 허락 없이 억지로 내게 주입된 것도 하나 없습니다.
지금 내가 하고 있는 이 일도 내가 선택한 일이고
앞으로 내가 할 일도 내 선택으로 행해집니다.

'세상은 왜 이 모양일까'
자기 자신과 삶을 비난하고 절망해하는 그 감정 또한
스스로 내린 세상에 대한 해석이지
모든 이에게 똑같이 적용되는 진리가 아닙니다.

청소하는 일을 하면서도
지구 한구석을 깨끗하게 해준다는 자부심에
행복해하는 사람도 있고,
고단한 택배 일을 하면서도
늘 웃음과 유머로 사람들을 웃게 해주며
즐겁게 사는 사람도 있습니다.
새벽마다 산에 다니면서
누가 시키지도 않았는데 쓰레기를 줍고 다니는 분도 있고,
평생 김밥을 팔고 폐지를 주워 모은 돈을
어려운 이웃에게 기부하는 천사들도 있습니다.

지금 내가 하고 있는 일에 대한 의미 부여
세상을 바라보는 시선 모두 백 퍼센트 나의 책임인 것입니다.

나는 내 의지와 상관없이
이 세상에 떨어진 무력한 희생자가 아니고
생각과 느낌으로 자신의 세상을 얼마든지 창조할 수 있는
무한한 존재입니다.

이 세상은 원래 백지처럼 하얀 도화지입니다.
이 깨끗하고 하얀 세상에
어떤 그림을 그리고 무슨 색을 칠할지는

오직 우리의 마음이 좋고 나쁨을 만듭니다

온전히 나의 선택입니다.

매 순간 온전히 깨어서
나를 바라보고 나의 세상을 바라봅니다.
지금 이 순간이 내 전 생애를 통틀어
가장 빛나는 순간임을 알고
반짝반짝 밝은 황금빛으로 나의 세상을 가득 채웁니다.
내가 경험하는 세상은 온전히 내 안에 있습니다.

삶은 내가 보고 느끼기로 결정한
딱 그대로 내 앞에 펼쳐집니다.

하늘이 구름 한 점 없이 투명하고 깨끗합니다.
'내가 지금 보고 있는 이 하늘의 파란색이
다른 사람이 보는 하늘의 색깔과 같을까?'
가끔 그런 생각을 합니다.

다른 사람이 보는 하늘의 색깔이
나에게는 빨간색일 수도 있지 않을까요?
내가 '빨주노초파남보'라고 알고 있는 색이
다른 이들에게도 똑같을까요?
내가 보는 이 세상과 타인들이 보는 세상이 똑같다는 것을
어떻게 증명할 수 있나요?

같은 시간과 공간에 있다 하더라도

오직 우리의 마음이 좋고 나쁨을 만듭니다

내가 지금 보고 있는 이 세상과
내 옆의 사람이 보는 세상은 같을 수가 없습니다.
모두 각자가 가진 자기만의 렌즈와 생각의 필터를 통해
세상을 바라보고 해석하기 때문입니다.

똑같은 장면을 보더라도 보는 관점이 다 다르고
저마다 볼 수 있는 그 이해의 한계가 다릅니다.
이 지구상의 사람의 숫자만큼이나
서로 다른 우주가 존재하는 겁니다.

마찬가지로 타인에게 비추어지는 내 모습도
나를 보는 타인들의 숫자만큼이나 다 다릅니다.
나는 하나이지만, 엄마가 알고 있는 딸과
남편이 보고 있는 아내인 내 모습이 다르고,
나의 세 아이에게 보이는 엄마와
지인들이 보는 내 모습이 다릅니다.
나를 보는 사람들의 숫자만큼이나
다른 내가 존재하게 되는 것입니다.

이렇게 우리는 모두
각자의 해석으로 창조하는 다른 세상 속에서 살고 있습니다.
자신이 살고 있는 세상의 모습은

삶을 해치우듯 살아내는 당신에게

온전히 자기 자신에 의한 것이며, 본인 책임인 것입니다.

지금 이 순간, 나는 어떤 세상을 창조하고 있나 들여다봅니다.
삶은 내가 보고 느끼기로 결정한
딱 그대로 내 앞에 펼쳐집니다.

오직 우리의 마음이 좋고 나쁨을 만듭니다

우리가 느끼는 모든 두려움, 불안, 공포는
머릿속에서 만들어낸 상상 속의 괴물에
불과합니다. 허상의 괴물들에 휘둘리지 않으려면
몸에 밴 일상의 힘을 믿어야 합니다.

어느 한순간에 아래로 추락하는 듯한
기분이 들 때가 있습니다.
어찌어찌 균형을 유지하며 잘 딛고 가던 줄 위에서
그만 발을 헛디뎌서 바닥으로 떨어진 듯한
그런 순간들이 있습니다.
그 순간에는 내가 그 줄을 다시 타고 올라갈 수 있을지,
이다음 발을 어디로 내디뎌야 하는지
어찌해야 할지 몰라 막막해집니다.
그럴 때는 잠시 그 자리에 멈춰 숨을 고르고
어디로든 다시 발을 내딛습니다.
그리고 계속 나아갑니다.

그렇게 계속해서 앞으로 가다 보면

애초에 내가 타던 줄 위로 다시 올라갈 수도 있고,
아니면 다른 줄을 타고 올라가
새로운 세계로 들어갈 수도 있습니다.
중요한 것은 어찌되든 삶은 끊임없이 지속된다는 사실이고,
우리가 할 수 있는 최상의 일은
일상이라는 거대한 수레바퀴에 몸을 맡기고
그저 앞으로 나아가는 것입니다.

당장 하늘이 무너질 것 같고
땅이 꺼질 듯 절망스러운 감정이 들더라도
일어나서 움직여 일상의 바퀴를 부지런히 돌리다 보면,
내가 느끼는 두려움과 절망, 고통의 감정들은
머릿속에서 스스로 부풀린
상상 속의 괴물임을 알 수 있습니다.

모든 것은 생각이 지어낸 이야기요,
무의식에 새겨진 과거의 습관적인 감정입니다.
관심과 에너지를 주지 않으면
이내 사라져버릴 허상에 불과합니다.

이 허상들에 끌려다니지 않기 위해서는
우리를 끊임없이 앞으로 나아가게 하는

오직 우리의 마음이 좋고 나쁨을 만듭니다

삶의 에너지에 자신을 믿고 맡겨야 합니다.
상상 속의 괴물에 휘둘리지 말고
몸에 밴 일상의 힘을 믿어야 합니다.

일상의 힘은 대단합니다.
결코 멈추는 법이 없는 그 일상의 힘으로
내가 빠진 수렁 속을 나올 수 있습니다.

삶을 해치우듯 살아내는 당신에게

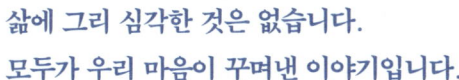

삶에 그리 심각한 것은 없습니다.
모두가 우리 마음이 꾸며낸 이야기입니다.

어제 밤새 비를 쏟아내고도 아직도 비워낼 게 남았는지
낮게 깔린 회색 구름이
손대면 빗방울이 투두둑 터질 듯 무겁습니다.
햇살 한 가닥 볼 수 없는 오늘이지만
감사하는 마음을 가득 담아 숨을 들이마시고 내쉽니다.

화라도 난 듯 잔뜩 찡그린 하늘을 보면서
피식 웃으며 생각합니다.
'네가 아무리 심각한 척 무게 잡고 있어도
난 절대 속아 넘어가지 않아.
난 거기에 결코 반응하지 않을 거야.
나를 무겁게 만들 수 있는 건
나 자신 이외에는 아무것도 없어.'

오직 우리의 마음이 좋고 나쁨을 만듭니다

그 어떤 상황에서도 무조건
행복과 기쁨을 선택할 수 있습니다.
바람 한 번 휙 불면 흩어지고 사라질 저 구름 같은 허상에
'지금'이라는 이 소중한 순간을 내어주는 건
엄청난 낭비입니다.

사람들 모두 마찬가지입니다.
심각한 척,
화난 척,
중요한 척,
자기 자신을 방어하기 위해 쓰는 가면 뒤에는
언제고 툭 밀면 비집고 터져 나올 밝은 햇빛이 존재합니다.

삶에 그리 심각한 것은 없습니다.
모두가 시간 지나면 흩어질 한낱 구름일 뿐이고,
실체 없는 형상이며, 마음이 꾸며낸 이야기입니다.

터질 듯 빵빵하게 부푼 풍선의 막고 있던 입구 한쪽을 터주면
픽 소리와 함께 바람이 빠지며 말랑말랑해지듯이,
잔뜩 힘이 들어가 금방이라도 폭발할 것 같은 상황에서도
한 번 피식 웃어버리면 그 순간 압력이 빠지면서
가볍디가벼운 일로 변합니다.

삶을 해치우듯 살아내는 당신에게

모든 것은 생각이 만들어낸 이야기입니다.
그 이야기에 빠져서
본래의 나를 잊어버리고 허우적댈 수도 있고,
한 번 빙그레 웃고 내가 원하는 세상을
다시 선택할 수도 있습니다.

상황과 타인에 상관없이
나는 얼마든지
내가 원하는 생각과 감정을 선택할 수 있습니다.
내 삶의 모든 힘은 나에게 있습니다.

오직 우리의 마음이 좋고 나쁨을 만듭니다

우주는 좋고 싫고의 판단 분별이 없습니다.
오직 플러스와 마이너스,
에너지의 균형을 맞추려고 할 뿐입니다.

머릿속에서 만들어내는 이런저런 이야기를 바라봅니다.
끊임없이 재잘대며 심각한 표정으로
드라마를 써대는 내 생각들을 바라보고 있으니,
피식 웃음이 나옵니다.
더 많은 이야기들이
내 머릿속에 둥지를 틀고 새끼를 치기 전에
먼저 알아차리고 그 생각들을 흘려 내보냅니다.

우리는 생각이 만들어내는 무수한 이야기 속에서
하루의 대부분을 살아갑니다.
타인의 생각과 감정까지 혼자 추측해가며
그 안에서 기뻐하고 슬퍼하며 분노하기도 합니다.
이렇게 생각이 만들어낸 이야기에 끌려다니며

삶을 해치우듯 살아내는 당신에게

허우적거릴 수도 있고,
순간 알아차리고 그 이야기들을
편한 마음으로 바라보며 즐길 수도 있습니다.

일어난 일들은 본래 중립입니다.
다만 이 일이 좋다 싫다 분별하는
생각만이 있을 뿐입니다.

'일어나는 모든 일은 다 좋다'
이렇게 선언하고 또 진심으로 받아들이면
신기하게도 그 일은 결국에 나에게 최상의 일이 됩니다.

이것이 우주가 작동하는 방식입니다.
우주는 좋고 싫고의 판단 분별이 없습니다.
오직 플러스와 마이너스,
에너지의 균형을 맞추려고 할 뿐입니다.

우리가 어떤 것에 집착해서
거기에 과도한 에너지가 부여되면
우주는 반대의 에너지를 가해 균형을 맞추고,
마음의 중심축에서 너무 멀어져 지나치게 올라가면
반드시 아래로 끌어내려지게 합니다.

오직 우리의 마음이 좋고 나쁨을 만듭니다

그래서 지금 이 순간,
평온하고 고요할 수 있음이 중요합니다.

내 마음에 그 어떠한 파동이 일어나도
결국은 사라질, 흘러가는 물결임을 알고
동요되지 않고 평온한 마음으로 바라볼 수 있는
지혜와 알아차림이 필요합니다.

모든 것은 다 지나가기 마련이고,
변하지 않는 것은 없으며,
정해진 절대 진리란 없습니다.

삶은 생각이 만들어낸 이야기일 뿐이고
우리는 얼마든지 자기 안의 고요하고 평온한 마음자리에서
그 모든 드라마를 즐길 수 있습니다.

삶을 해치우듯 살아내는 당신에게

이 세상은 우리가 바라보는 방식에 따라
얼마든지 모습을 바꾸는 놀라운 마법의
시공간입니다.

엊그제만 해도 꽃이 있던 자리에
세상에나 주렁주렁 예쁜 열매들이 매달려 있네요.
도무지 이런 마술들은 어떻게 부리는 건지
자연의 경이로움에 늘 감탄합니다.
며칠 사이, 숲은 아기 티를 벗고 사춘기에 들어선 모습입니다.
연둣빛의 어린 모습은 온데간데없고
진한 초록색으로 깊은 숲 냄새를 풍기며
제법 듬직한 모습을 보여줍니다.

참으로 신기합니다.
며칠 사이에 갑자기 이 모든 변화가
일시에 일어난 듯 보입니다.
늘 옆에서 바라보고 함께 있어도

오직 우리의 마음이 좋고 나쁨을 만듭니다

그 변화를 알아차리지 못하다가
어느 순간에 '언제 이렇게 컸지?' 하며
낯설 정도로 훌쩍 자라버린 아이를 보는 것처럼,
우리의 눈과 마음은
늘 전에 봤던 모습만을 투영해 바라보다가
투영할 수 있는 한계치를 넘어선 변화 앞에 서게 되면
그때서야 본모습을 제대로 인식하게 됩니다.

나는 매 순간 내 앞의 사람을, 사물을, 상황을,
있는 그대로 본다고 생각하지만 절대 그렇지 못합니다.
전에 보고 느꼈던 그 모습대로 내 앞의 사람을 바라보고
이미 안다고 생각하는 그 물건을 바라보고
과거에 주입된 해석대로 상황을 판단하고 바라봅니다.

우리는 지금 이 순간의 세상을
있는 그대로 바라보지 못하고
과거에 이미 프로그램된 생각으로
바라보고 경험하는 것입니다.

그렇게 늘 하던 대로 생각하고 바라보고 행동하니
삶은 지루하고 권태로운 것이라고 정의 내리게 됩니다.
하지만 세상은 그런 곳이 아닙니다.

매 순간이 새롭고 끊임없이 변화하며
우리가 삶을 바라보는 방식만 바꾼다면
얼마든지 원하는 것을 경험할 수 있는 놀라운 곳입니다.

두 눈 크게 뜨고 귀를 활짝 열고
이 세상을 천천히 자세히 깨어서 바라봅니다.
내가 이미 알고 있다는 생각을 내려놓고
세상에 태어나서 처음 보는 것인 양 그렇게
내 앞의 사람을, 세상을 바라봅니다.
그러면 전에 알던 세상과는 다른
새로운 세상을 볼 수가 있습니다.

이 세상은 우리가 바라보는 방식에 따라
얼마든지 모습을 바꾸는 놀라운 마법의 시공간입니다.

오직 우리의 마음이 좋고 나쁨을 만듭니다

생각과 감정에 휩쓸리지 않고
한 발짝 떨어져서 바라볼 수 있는
내 안의 작은 공간을 만듭니다.
그때서야 우린 진실을 볼 수가 있습니다.

매 순간 일어나는 습관적인 생각과 감정을 알아차리는 것은
썩 유쾌하지도, 쉽지도 않은 일입니다.
하지만 알아차리는 순간,
우리 안에 조그마한 공간이 생깁니다.
내 안에서 일어나는 생각과 감정에 휩쓸리지 않고
한 발짝 떨어져서 바라볼 수 있는
아주 조그마한 틈이 생깁니다.
그 작은 틈새를 놓치지 않고 공간을 확보해서
그 안에 머물 수만 있다면,
우리는 우리에게 반사적으로 일어나는
생각과 감정, 행동들의 진짜 정체를 알아차릴 수 있습니다.

지금 내게 벌어진 상황과는 무관하게

과거에 조건 지어진 습관대로 반응하고,
상대방의 진실이 무엇인지는 알아볼 새도 없이
예전의 그 감정을 그대로 투영해서 상대방을 바라봅니다.
지금 내 앞의 타인과 상황을 있는 그대로 보지 못하고
과거의 생각과 관념으로
바라보고 해석하는 것입니다.

이처럼 우리는 매 순간 과거를 반복하고 있습니다.
지금 이 순간을 있는 그대로 살지 못하고
과거의 기억대로 살고 있는 겁니다.

나의 모든 생각과 감정, 행동에
이게 과연 진실인지 물어봅니다.
나의 이 생각은 정말 옳은 것인지,
내가 틀리거나 전혀 다르게 생각할 수도 있는 건 아닌지,
내게 일어나는 이 감정은 왜 생기는지
내 안의 어떤 것을 감추고 방어하기 위한
가면에 불과한 건 아닌지,
나의 이 행동은 의식적인 선택인지
아니면 그저 무의식적인 습관이거나
마주하기 불편한 무언가를 회피하기 위한 것은 아닌지
나에게 묻고 또 묻습니다.

오직 우리의 마음이 좋고 나쁨을 만듭니다

이렇게 묻고 또 묻다 보면
끊임없이 반복하고 있는 이 무의식의 프로그램에서
벗어날 수 있지 않을까 하는 소망을 품어봅니다.

생각이 없으면 모든 일은
아무 일도 아니고 일어난 바가 없습니다.
오직 내 생각만이 그 모든 것을
만들었다 부수었다 반복할 뿐입니다.

'옳네, 그르네', '좋네, 싫네'를 판단 분별하지 않고
'이건 이래야 하고, 저건 저래야 하네'
내 생각을 고집하지 않는
있는 그대로를 온전히
긍정하고 받아들임에 대하여 생각해봅니다.

매 순간 어떠한 것이 내게 주어지든
있는 그대로를 온전히 긍정한다는 것은
'그래도 이것보다는 좀 더 나아지겠지.
이렇게 긍정하다 보면 내가 원하는 모습대로 될 거야.'라는
약간의 내 의도와 바람도 포함되지 않는
말 그대로 백 퍼센트 순수하고 깨끗한 받아들임입니다.

오직 우리의 마음이 좋고 나쁨을 만듭니다

그 어떤 조건도 내걸지 않고
그 어떤 바람도 섞이지 않는
있는 그대로를 온전히 받아들이는
그 순간의 내려놓음과 내맡김이란
얼마나 담백하고 깨끗하고 아름다운가요.

인간의 어떠한 이기적인 아상(我相)이나
티끌만한 욕심도 묻어 있지 않은 세상은
순수하고 깨끗하다 못해 투명하겠구나,
막연한 동경이 일어납니다.

한껏 멀리 나간 척
내가 세운 아상(我相)에서 벗어난 척하여도
그 이면에는 늘 무언가를 의도하고 바라는
내 마음이 보입니다.

아무런 생각이 일어나지 않는 그 자리는
애써 긍정할 것도 받아들일 것도 없이
그저 그러할 뿐이네요.

생각이 없으면 모든 일은 아무 일도 아니고
일어난 바가 없습니다.

오직 내 생각만이 그 모든 것을

만들었다 부수었다 반복할 뿐입니다.

내가 아무리 멀리 나간 척, 높이 올라간 척해도
결국은 내 마음 안입니다.
나는 나 자신에게서
단 한 발짝도 도망갈 수가 없습니다.

내가 세상과 타인을 대한 그대로 정확하게
나 자신에게 돌아옴을 깨닫고 또 깨닫습니다.

그런데 이 깨달음은 왜 그 순간일 뿐일까요?
늘 깨닫고서는 잊어버리고, 다시 또 과거의 습관대로 돌아가
제자리에 있는 나를 보게 됩니다.

세상과 나를 분리하고
끊임없는 판단과 분별로 타인과 나를 구별 짓고
그 안에서 우월했다 열등했다 울고 웃는 나를 봅니다.

내가 보고 느끼는 이 세상은 내 마음의 반영이고
내 앞의 타인은 정확히 나를 비추는 거울임을 알면서도,

삶을 해치우듯 살아내는 당신에게

가끔은 타인의 모습이 내 모습이라는 사실을
인정하기도 받아들이기도 어려울 때가 많습니다.
그럴 때는 이건 내가 아니라고, 나일 수가 없다고,
나로부터 떼어내어 저기 멀리 한구석에 처박아둡니다.

하지만 그렇게 무시하고 모른 척 외면한 나의 모습은
언제고 나에게 부메랑이 되어 돌아옵니다.
그때는 더 날카롭고 강한 힘으로
내가 애써 지어놓은 나의 모습을 여지없이 무너뜨립니다.

이 세상은 내가 세상을 대한 그대로
고스란히 나에게 돌려줍니다.
조금의 꼼수도 통하지 않고, 한 치의 어긋남도 없이,
너무나도 정확히 내 안을 투영해냅니다.

내가 진심을 보이지 않으면
세상도 내게 진심을 보여주지 않습니다.

제아무리 날고 뛰어 봤자 부처님 손바닥 안이듯,
내가 아무리 멀리 나간 척, 높이 올라간 척해도
결국은 내 마음 안입니다.

오직 우리의 마음이 좋고 나쁨을 만듭니다

모든 것은 내 안에 있습니다.

내가 보는 사람들, 내가 사는 이 세상,

전부 내 안에 있습니다.

내가 지금 이 상황에서 도망치고자

지구 어디 끝, 아니 저 우주 밖으로 간다 하더라도

나는, 나를 결코 떠날 수가 없습니다.

나는 나 자신에게서

단 한 발짝도 도망갈 수가 없습니다.

세상을 바꾸고,

타인을 바꾸려고 하기보다는

자신을 들여다봐야 하는 이유입니다.

내 안을 바라보지 않고서는

나는 내가 사는 이 세상을 벗어날 수가 없습니다.

가장 귀하고 아름다운 것을 바라보듯

나의 세상을 바라봅니다.

내 자신을 대하듯 내 앞의 사람을 대합니다.

내 안이 세상과 타인들에 대한 연민과 사랑으로

가득 차오르는 것이 느껴집니다.

결국은 사랑만이 답임을 알게 됩니다.

삶을 헤치우듯 살아내는 당신에게

모든 것은 나의 한 생각에서 시작되었고
그 생각을 붙잡고
이리저리 부풀린 이야기들에 불과합니다.
그 어느것 하나 진실은 없습니다.

살다 보면 전혀 예상하지 못하던 곳에서 갑자기 툭 하고
커다란 숙제가 한 무더기씩 튀어나올 때가 있습니다.
늘 걷던 평평한 길을 가다가
느닷없이 돌부리에 걸려 퍽 넘어진 것처럼,
평온하고 잔잔한 일상의 흐름 위에서
돌연히 큰 물살의 일렁임을 마주할 때가 있습니다.
마음의 준비라는 것을 할 겨를도 없이 밀려 닥치는 파도에
처음에는 그 안에서 허우적대는 것도 벅찹니다.
이 파도의 물살이 어디에서 오는 건지
왜 일어나는 건지 알아차릴 새도 없이
파도에 대항해 싸우느라 정신이 없습니다.

한참을 그렇게 파도를 붙잡고 씨름하다 보면

오직 우리의 마음이 좋고 나쁨을 만듭니다

어느 순간, 알게 됩니다.
그냥 조용히 지나갈 작은 파도를
내 허우적거리는 몸짓으로 더 크게 키우고 있다는 사실을요.

내가 붙잡지만 않으면,
생각으로 이야기들을 만들어내지만 않는다면,
문제될 것은 하나도 없습니다.

모든 것은 나의 한 생각에서 시작되었고
그 생각을 붙잡고 이리저리 부풀린 이야기들에 불과합니다.
그 어느 것 하나 진실은 없고
그 어떤 것도 내가 지어내지 않은 게 없습니다.

산을 오르다 구름다리 앞의 팻말을 보니
피식 웃음이 나옵니다.
"가장 좋은 것도, 가장 나쁜 것도 사실 별것 아니에요."
우리는 왜 그리도
별것 아닌 것들을 붙잡고 울고 웃는 걸까요?
지나고 나면 다 별것 아니고,
막상 하고 나면 별것 아니고,
이 세상 자체가 별것 아닌데,
우리는 이 별것 아닌 것들에

삶을 해치우듯 살아내는 당신에게

이런저런 의미와 이야기를 덕지덕지 붙이는 걸 좋아합니다.
그래서 삶이라는 드라마가 이어지는 거겠지요.

수많은 이야기를 지어내는 나의 이 생각들도
그대로 이해하고 받아들이고 바라봅니다.
내가 보고 느끼는 모든 것은
완벽하게 내 안에서 나옴을 알고,
오직 내 안만 바라봅니다.

오직 우리의 마음이 좋고 나쁨을 만듭니다

죽음이 인간에게 일어나는
가장 큰 비극이라는 생각은
진실이 아니라 하나의 관념일 뿐입니다.

우리는 매 순간 죽음을 향해서
한 발 한 발 나아가고 있습니다.
세상에 태어남과 동시에 죽음도 같이 존재하게 되고
산다는 것 자체가 죽음으로 가는 여정입니다.

우리가 죽음이 두렵고 불편한 이유는
우리의 이해로는 죽음이 어떤 건지,
죽음 이후에 나는 어떻게 되는지
전혀 알 수 없기 때문입니다.
현실에서 인식되는 늙고, 병들고, 소멸하는,
죽음의 이 과정이 슬프고 두려운 일이라는 것은
에고(Ego)가 지어내는 관념에 불과합니다.
우리는 에고가 만들어낸 관념에 따라

삶을 해치우듯 살아내는 당신에게

늙으면 서럽다고 생각하고,

병들어 생기는 아픔에 슬퍼하고,

죽음의 문 앞에서는 두려움과 공포로 꼼짝을 못 하게 됩니다.

하지만 자세히 들여다보면

이것 또한 진실이 아닐 수도 있음을 알게 됩니다.

늙고 죽는다는 것은

그저 하나의 과정이고 일어나는 일일 뿐인데,

우리는 생각으로 이런저런 이야기들과 감정을 덧붙입니다.

죽음이 인간에게 일어나는 가장 큰 비극이라는 생각은

진실이 아니라 단지 하나의 관념일 뿐입니다.

만일 뒤집어서 죽음은 인간이 받을 수 있는 가장 큰 축복이고,

늙는다는 것은 그 축복을 받기 위한 신성한 과정이라는 관념을

전 인류가 가지고 있다면 어떻게 될까요?

실제로 어느 문화에서는 늙음을 신의 선물이라 여기고,

연장자는 추앙받으며,

죽음이 최고로 기쁜 일이라서

장례식 날에 축제를 벌이는 곳도 있습니다.

이처럼 우리가 당연시하는 것들이

오직 우리의 마음이 좋고 나쁨을 만듭니다

결코 당연한 것이 아니고, 진실이 아닐 수 있습니다.

이 세상은 아무런 이야기를 지니지 않은
중립인 에너지 상태이고
여기에 만들어진 이야기는 전부
생각이 지어낸 관념일 뿐입니다.

모든 저항은 내가 '나'를
내세우기 때문에 일어납니다.
'내가 한다'는 생각을 내려놓고 그냥 행하면
모든 것이 그저 그러하게 되어갑니다.

'생각이 없이 행하고, 행함이 없이 행한다.'는 말의 의미를
이젠 조금 알 듯합니다.

평소 하지 않던,
일상의 행동 패턴에서 벗어나는
어떤 일을 결심하고 하려고 할 때
이야기를 만들어내기 좋아하는 생각이 끼어들기 시작하면,
그 일을 하지 말아야 하는
수십, 수백 가지의 이유를 만들어내어
우리를 주저앉힙니다.

우리의 뇌와 무의식은
예측할 수 없는 영역으로 들어가는 것을

오직 우리의 마음이 좋고 나쁨을 만듭니다

극도로 싫어하며,
익숙한 안전지대에서 조금이라도 벗어나려 하면
온갖 수단과 방법을 동원해서
우리를 그 안에 머물게 합니다.
가장 적은 에너지로 자신의 생존과 안녕을 유지하기 위해
무의식 차원에 새겨진 이 프로그램은,
평생 우리를 그 울타리 안에 머물게 하며,
진짜 자신의 모습을 보지 못하게 만듭니다.

'생각 없이 행함'이란, 어떤 행위를 할 때
그 일에 큰 의미나 가치를 부여하지 않음을 뜻합니다.
그 행위를 하는 데 '내가 한다'는 내세움도 없고
아침에 일어나면 으레 양치하고 세수하듯이 그렇게,
'한다'는 의식도 없이 자연스레 행함을 의미합니다.

'내가 이 행위를 한다'라고 의식하면
여러 생각이 달라붙습니다.
지금 내가 하려는 일이 정말 별일 아닌 듯,
그냥 살아서 숨쉬기 때문에 하는 일인 듯,
특별할 것도 대단한 것도 없는 늘 하던 일인 듯 여기면
아무 저항 없이 그 일이 행해집니다.

모든 저항은 내가 '나'를 내세우기 때문에 일어납니다.
'내가 한다'는 생각을 내려놓고 그냥 행하면
모든 것이 그저 그러하게 되어갑니다.

삶에 부여한 힘을 최대한 뺍니다.
'나'라는 중요성을 조용히 내려놓습니다.
그러면 행동과 행동 사이에
생각이 끼어들지 않은 텅 빈 공간을 느낄 수가 있습니다.

오직 우리의 마음이 좋고 나쁨을 만듭니다

내가 허락하지 않으면 그 어떠한 것도
내 삶에 들어올 수 없습니다.
오직 사랑과 감사와 기쁨만을
내 삶에 허용합니다.

골이 없이는 마루가 존재할 수 없고,
한계를 의식하지 못한다면
그 경계를 넘으려는 생각조차 할 수 없으며,
빼앗기지 않고서는
내게 있던 그것의 소중함을 알기가 어렵습니다.

내가 한없이 내려간다 느낄 때,
이젠 이것으로 끝이라고 여겨질 때,
내가 숨쉬고 살아 있는 한, 삶에 끝은 없으며
반드시 차고 올라가기 마련이라는 것을
나는 이미 알고 있습니다.

그래서 무의식의 기억이 불러오는 어두운 감정이

내 안에서 올라올 땐,

나는 그저 고요히 지켜보며 기다립니다.

이 감정 또한 내 몸의 기억과 생각이 만들어낸 거짓임을 알고,

뿌옇게 끼어 있던 자욱한 안개가

한 자락의 바람에 의해 깨끗이 사라지듯이

그렇게 그것들 또한 일순간에 사라질 것을 알기에

조용히 기다립니다.

일어난 감정과 나를 동일시하지 않고

한 발짝 떨어진 채로 내 할 일을 해내다 보면

그 감정들은 어느 순간

정말 깨끗하게 흔적도 없이 사라집니다.

내 안에서 일어나는 모든 생각과 감정은

왔다가 사라지는 허상입니다.

내가 애써서 붙잡지만 않는다면,

그 생각과 감정에 먹이를 주어 키우지만 않는다면,

구름이 피어오르다 흩어지듯이 그렇게 사라질 것들입니다.

생각과 감정은 '나'가 아닙니다.

내 곁에 잠시 왔다 떠나는 손님일 뿐

절대 내가 될 수는 없습니다.

실재가 아닌 허상을 붙잡고 씨름하는 것은
어리석은 짓임을 알기에
내게 그 어떤 손님이 오더라도
집착하지 않고 좋다 싫다 분별하지 않고
그저 오고 감을 지켜볼 뿐입니다.

내가 허락하지 않으면 그 어떠한 것도
내 삶에 들어올 수 없습니다.

삶을 해치우듯 살아내는 당신에게

3장

우리는 각자가
완벽한 우주입니다

나는 이 우주에서 다른 그 누구도
될 필요가 없는 '꼭 이대로의 나'여야 합니다.
우리는 저마다 신을 표현해내는
하나의 완벽한 퍼즐 조각이자 전체입니다.

내가 누리고 있는 것들을 의식적으로 하나하나 세어봅니다.
인간이란 참으로 간사하고 이기적이라
지금 내가 가지고 있는 것들은 당연한 것이라 여기고,
신께 더 멋지고 좋은 것을 주지 않는다고 늘 불평을 합니다.
오늘도 이렇게 숨쉬고 살아 있어
가족들과 눈 마주치고 살을 비비며
소소한 일상을 보낼 수 있는 게
얼마나 큰 기적이고 축복인지 잊어버립니다.
그러고는 신께 제발 뭔가 빵 터지는 기적 좀 달라고
생떼를 쓰며 요구합니다.

도대체 우리가 생각하는 진짜 기적이란 무엇일까요?

우리는 각자가 완벽한 우주입니다

병에 걸린 사람이라면
그 병이 깨끗이 치유되는 것일 테고,
돈에 쪼들리는 사람이라면
어디서 돈벼락이라도 맞아서 부자가 되는 것일 거고,
외모에 불만이 있던 사람이라면
자고 일어났더니 원하던 모습으로 바뀌어 있는 것일 거고,
외롭고 사랑에 고픈 사람이라면
자기를 무조건 사랑해주는 사람이
어디선가 '짠' 하고 나타나는 것일 겁니다.

우리가 기대하는 기적이란
무엇엔가 심한 결핍감을 느낀 후에
그 결핍이 해결되는 겁니다.

만약 우리가 지금 자신에게 주어진 기적을 보지 못하고
계속해서 기적을 달라고 요구한다면,
신은 기적을 보여주시기 위해 어쩔 수 없이
우리가 심한 결핍을 느끼도록 하실 겁니다.

내게 이미 주어져 있는 기적 중에서
그것이 기적이라는 것을 알기 위해 먼저 **빼**앗겨야 하는
말도 안 되는 일이 생기는 겁니다.

삶을 해치우듯 살아내는 당신에게

이 얼마나 어리석고 바보 같은 일인가요.

결핍감을 느끼는 건
나를 남과 비교하기에 생기는 겁니다.
지금 이대로의 내가 나에게 가장 완벽하고 최적이라는 것을
우선 인정하고 받아들이면
여기서부터 어마어마한 기적들을 볼 수 있습니다.

이 지구상의 80억 인구 중에서 나와 똑같은 사람은 없습니다.
나와 똑같은 얼굴을 하고 똑같은 목소리와 걸음걸이
같은 생각과 행동을 하는 이는 없습니다.

나는 이 지구상에서 단 하나밖에 없는
대체 불가능한 유일무이한 존재입니다.
이 특별하고도 유일한 나를
도대체 어디에 기준을 두고 비교를 한단 말인가요?

누군가와 같아질 필요도 없고
우열을 가릴 수는 더더구나 없습니다.
나는 이 우주에서 다른 그 누구도 될 필요가 없는
'꼭 이대로의 나'여야 합니다.

우리는 저마다 신을 표현해내는
하나의 완벽한 퍼즐 조각이자 전체입니다.
세속의 눈에 비친 각자의 모습이 어떻든 간에
신의 눈으로 보면 우리 모두는
이대로 완벽하고 온전하고 아름답습니다.

이 세상에 정해진 기준은 없습니다.
지금의 내 모습이 내 삶의 기준이고
가장 이상적인 모습입니다.

하늘에서 빛이 마구마구 쏟아집니다.
계속되던 장마로 좀처럼 볼 수 없었던 황금빛의 뽀얀 태양이
이렇게 반갑고 좋을 수가 없습니다.
늘 곁에 있을 때는 모르다가
그것이 없을 때야 그 소중함을 알게 되는
이 이원성(二元性)의 세상이 새삼 감사해집니다.

그냥 이대로 참 좋다는 생각이 듭니다.
부족해 보이면 부족한 대로, 넘치면 넘치는 대로,
이 모습 이대로 다 좋습니다.

그 모습이, 그 순간에는
가장 완벽하고 옳은 모습임을 인정합니다.

우리는 각자가 완벽한 우주입니다

이런저런 기준으로 판단하고 잣대를 들이대면
여기저기 잘라내야 하고 부족한 것 투성이겠지만
그 기준이 없다면 모든 것은
그 모습 그대로 완벽하고 온전하고 아름답습니다.

그럼 도대체 기준이라는 것은 어디서 온 것일까요?
그것은 과연 진실일까요?
기준을 강요하는 것은 누구인가요?
조금만 생각해보면
기준이라는 것 자체가
생각이 만들어낸 허상임을 알 수 있습니다.

날 때부터 팔이 하나 없는 사람은
그 상태가 정확히 자신에게 정상이며 완벽한 기준입니다.
남들과 비교하지 않고
남들이 정해준 기준에 자신을 강요하지만 않는다면
그 모습 그대로 지극히 정상이고 온전합니다.

자신이 부족하고 못났다는 결핍의 생각은
남들이 정한 기준을 자신에게 적용하기 때문입니다.
내가 나를 온전히 사랑하고 받아들이면
타인의 기준이 나에게는 소용이 없습니다.

삶을 해치우듯 살아내는 당신에게

내가 기준이 되는 삶을 삽니다.
타인이 정한 기준에 나를 맞추지 않고
온전히 내가 나의 기준이 됩니다.

이 세상에 정해진 절대적인 기준이란 없습니다.
지금의 내 모습이 내 삶의 기준이고
가장 이상적인 모습입니다.

세상의 모든 존재는
정확히 있어야 할 그 모습 그대로 존재합니다.

우리는 각자가 완벽한 우주입니다

우리가 사는 이 세상은
연속적인 아날로그가 아닌
불연속적인 디지털의 세계입니다.
우리는 매 순간 퀀텀 점프를 하고 있습니다.

뭉그적뭉그적 그 자리에서 벗어나지를 못하고
한계에 갇힌 듯 답답했던 시간을 지나
높은 계단 하나를 껑충 뛰어오른 기분입니다.
앞을 가리고 있던 무언가가 한 꺼풀 벗겨진 듯
세상이 선명하게 느껴지고,
나를 묶고 있던 두꺼운 밧줄 하나가 끊어진 듯
자유롭고 가볍습니다.

그렇게 공부를 해도 제자리에서 맴돌며 헤매는 듯하다가
그 시간을 견디며 계속하다 보면
어느 순간, 답답했던 부분이 탁 깨쳐지면서
환하게 눈에 보이고 알게 되는 시점이 존재합니다.

삶을 헤치우듯 살아내는 당신에게

실력이 느는 것은 절대 연속적인 것이 아니라 계단식이며
한 계단을 껑충 뛰어오르기 위해서는
평지를 걸어내야 하는 시간과 노력이 필요합니다.
우리 사는 세상이 원래 그렇게 이루어져 있습니다.

가령 영화를 볼 때 우리는
그 화면이 연속적이라고 착각하지만
실제로는 잘게 쪼개진 여러 장의 사진이 겹쳐진 것입니다.
사진과 사진 사이에는 분명 불연속적인 장면이 존재하지만
우리 눈과 뇌가 인식을 못 하는 것이지요.
이처럼 우리가 사는 이 세상 자체가
연속적인 아날로그가 아니라
불연속적인 디지털의 세계입니다.

아날로그 시계는 바늘 흐름이 연속적이지만
디지털 시계는 1초에서 2초로 점프를 합니다.
물론 0.0000000001초 단위로까지 얼마든지 쪼갤 수 있지만
그 사이의 불연속적인 시간은 여전히 존재하게 됩니다.
디지털 시계처럼
우리가 세상을 인식하는 방식 또한 불연속적이기에
지금 비록 변화를 느낄 수 없다 하더라도
점프하게 되는 그 시점으로 가기 위한 시간들을 견디고

117

묵묵히 나아가는 것이 필요한 것입니다.

우리는 매 순간 퀀텀 점프를 하고 있습니다.
지금 내뿜는 생각과 감정의 파동에 따라서
몸을 구성하고 있는 세포 원자의 전자 상태도
바뀔 뿐만 아니라
우리가 보고 느끼는 세상의 입자의 파동 자체도
시시각각 변하고 있습니다.

우리가 그 사실을 느끼지 못하는 이유는
지금 이 순간에 깨어 있지 못하고,
이미 저장된 기억으로 세상을 바라보기 때문입니다.
내가 익히 안다고 생각하는 머릿속의 화면만을 바라보기에
지금 내가 숨쉬고 있는 세상이
방금 전에 숨쉬던 세상과는 전혀 다른 세상임을
눈치채지 못하는 것이지요.

매 순간은 새로운 순간입니다.
매 순간 깨어서 시시각각 퀀텀 점프하는 세상을 바라봅니다.
나의 생각과 감정에 따라서 춤을 추는 이 세상을
오롯이 느껴봅니다.
깨어서 바라보지 않으면

절대로 볼 수도 알 수도 없는 것이 이 세상입니다.

우리는 각자가 완벽한 우주입니다

이 세상은 그 어느 것 하나 대충 만들어진 것이
없고, 이유 없이 존재하는 것이 없습니다.
다 자기가 있어야 할 딱 그 자리에,
그 모습으로 존재합니다.

한적한 숲의 길모퉁이에 볼품없이 낮게 피어 있는 들꽃이
하도 대견하고 안쓰러워서 사진을 한 장 찍었는데,
세상에나, 사진을 확대해보니
그 쪼그맣고 보잘것없는 들꽃에
엄청나게 아름답고 완벽한 세계가 들어 있네요.

꽃잎을 접어 올린 종 모양의 곡선,
꽃잎을 가로질러 그려져 있는 하얀 실선들,
꽃봉오리에 돋아 있는 보슬보슬 솜털들까지.
너무나 작고 눈에 띄지도 않은 모양새라
사람들이 쳐다보지도 않을 이 작디작은 풀꽃에조차
신의 마술 같은 터치가 있었음을 느낄 수가 있습니다.

삶을 헤치우듯 살아내는 당신에게

정말이지 이 세상은
그 어느 것 하나 대충 만들어진 것이 없고
이유 없이 존재하는 게 없이
놀랍도록 완벽하고 온전하고 아름답다는 것을
이 조그마한 들꽃에서도 볼 수가 있습니다.

세상의 모든 것은
그 모습 그대로 완벽하게 아름답고 사랑스럽습니다.
다 자기가 있어야 할 딱 그 자리에
그 모습 그대로 존재합니다.

비교란 무의미하며
판단 분별의 기준 같은 건 실재하지 않고
그저 자신만의 고유한 위치와 모습만이 존재할 뿐입니다.
더 낫고 못함도 없고, 옳고 그름도 없습니다.
지금의 그 자리, 그 모습이
그 순간에는 가장 완벽한 최상의 모습이고 자리입니다.

발밑에 굴러다니는 먼지가
비싼 탁자 위에 내려앉은 먼지보다
열등하다고 말하는 게 우습고,
오이가 자기는 왜 수박처럼 크고 달지 않은지

우리는 각자가 완벽한 우주입니다

한탄하는 게 무의미하듯이,
이 세상은 그 모습 그대로 완벽하게 유일하고 온전합니다.

길가에 피어 있는 이 작은 풀꽃조차
이렇게 자기 자신으로서 완벽하고 아름답게 존재하는데
하물며 사람은 말할 것도 없지요.

우리는 우리 자신이 생각하는 것 이상으로
엄청난 존재입니다.

이렇게 숨쉬고 살아 존재하는 것만으로도
우리는 이미 신이 우리에게 줄 수 있는
최대치의 기적과 축복을 누리고 있는 겁니다.

모든 것이 완벽한 경이로운 이 세상에서
신의 손길과 사랑을 곳곳에서 느낄 수가 있네요.
삶이 주는 모든 것에 감사합니다.

내 안에 주어진 힘을 인식하고
그 힘을 행사한다면
나는 새로운 초깃값을 지닌 우주를
얼마든지 탄생시킬 수 있습니다.

비에 흠뻑 젖은 세상에 뿌려진 햇살이
보석처럼 여기저기서 반짝거립니다.
그 햇살 사이로 나뭇잎 하나가
가지에서 스르르 땅으로 떨어집니다.
지금 저 나뭇잎 하나가
이 순간, 바로 저 자리에 떨어지는 것도 전부
신의 완벽한 계획에 의해 이루어진 일일 겁니다.

이 우주에는 결코 우연은 없으며,
모든 것은 정확한 인과 관계에 의해 일어나며,
이 순간은 내가 보지 못하는 우주의 큰 그림의
완벽한 퍼즐의 한 조각입니다.

우리는 각자가 완벽한 우주입니다

과학자들은 초기 물리량 값만 정확하게 알 수 있다면
빅뱅 이후의 모든 것을 예측할 수 있다고 합니다.
만일 세상에서 일어나는 일이 전부 초기 조건에 의해서
그렇게 일어나게 될 수밖에 없는 일들이며,
모든 것이 다 짜인 대로 일어난다면
인간의 자유 의지는 의미가 없게 느껴집니다.

하지만 세상은 우리가 관찰할 수 있는 한계인
138억 년 전의 빅뱅 하나만 존재하는 것이 아닙니다.
지금 이 순간에도 수없이 많은 빅뱅이 일어나고 있습니다.
신이 엮어 놓은, 우리가 상상할 수 없는
무한한 씨실과 날실의 줄 위에서
수많은 차원의 우주가 생성되고 소멸되고 있으며,
우리는 얼마든지 매 순간 다른 우주로 옮겨갈 수 있습니다.

실제로 우리는 자신의 생각, 감정, 행동을
스스로 의식적으로 선택한다고 믿고 있지만
이미 무의식에 다 정해져 있습니다.
우리는 자유의지로 사는 게 아니라
무의식의 프로그램대로 살고 있는 겁니다.

하지만 이 무의식의 프로그램에서 빠져나와

삶을 해치우듯 살아내는 당신에게

자신의 자유의지를 행사해
이미 정해져 있는 '나'란 존재의 설정값을 바꾸어
또 다른 차원의 새로운 '나'를 만나고 싶다면,
얼마든지 그럴 수 있습니다.
신은 너무나도 자비롭고 친절해서
우리 안에 모든 힘을 이미 주셨기 때문입니다.

이 순간에 깨어서 나를 바라보고,
나의 현실을 바라보면 됩니다.
나는 누구이고, 지금 여기서 무얼 하려고 하는지 바라봅니다.
그리고 내가 늘 무의식적으로 해오던
생각과 감정, 행동의 패턴들을 알아차리고
내가 원하는 현실을 선택하면 됩니다.

그렇게 내 안에 주어진 힘을 인식하고 그 힘을 행사한다면
나는 새로운 초깃값을 지닌 우주를
얼마든지 탄생시킬 수 있습니다.

오늘도 내 안의 무한한 힘을 느낍니다.
매 순간 깨어서 다른 이야기를 선택할 수 있는
내 안의 힘과 자유를 누립니다.

우리는 각자가 완벽한 우주입니다

매 순간이 나의 새로운 우주를 탄생시키는
빅뱅의 순간입니다.

삶을 해치우듯 살아내는 당신에게

모든 이들은 각자 자기만의 우주에서,
자기 자신만을 바라보고,
자기 식대로 세상을 해석하며,
자기 길을 갈 뿐입니다.

점점 자유로워지는 나를 느낍니다.
그 누구의 인정을 바라지도 않고
엄마라면, 아내라면, '나'라는 사람은 이래야 한다는
스스로에게 지운 굴레를 내려놓으니
이렇게 자유로울 수가 없습니다.

나의 모든 한계와 제약은
그 누구에 의한 것도 아닌 내가 정한 것입니다.
사실 그 한계라는 것도
손만 내밀어 쓱 밀면 힘없이 스러지는 종이벽과도 같습니다.
모든 한계는 내가 그 근처에 가려 하지 않기에
한계가 되는 것이고
벽 또한 내가 넘으려 생각조차 하지 않기에

우리는 각자가 완벽한 우주입니다

벽이 될 수 있는 것입니다.

모든 것은 생각이 만들어낸 허상이고 감옥입니다.

자신을 한계 짓는 생각만 없으면 우리는 무한한 존재입니다.
누구의 눈치도 볼 필요 없고
누구의 기대도 만족시킬 필요도 없습니다.

우리 모두는 각자 자기만의 우주에서,
자기 자신만을 바라보고,
자기 식대로 세상을 해석하며,
자기 갈 길만을 갈 뿐입니다.

가장 가까이 있는 가족도 마찬가지입니다.
서로 같은 시공간에 존재하는 듯하지만
내가 침범할 수 없는 자기만의 시간과 공간 속에 있으며,
그 독립된 시공간에서 나의 영향력이 미미할수록
훨씬 더 건강하고 아름다운 저마다의 우주를 이룹니다.

사랑하는 이의 우주의 중심에 내가 있어야 한다는
지극히 유아스럽고 터무니없는 욕심을 내려놓습니다.
내 아이들의 우주를 내 손으로 만들어줘야 한다는

엄청난 착각에서 이젠 깨어납니다.

나는 오직 나의 우주만을 가꿀 수 있을 뿐입니다.
타인의 우주에 기웃거릴 필요가 없습니다.
나의 우주가 건강하고 밝을수록
내 주변의 우주도
내 우주의 빛을 받아 더욱 반짝일 수 있습니다.

모든 이들은 각자
자기만의 우주에서
자기만의 궤도를
자기만의 속도로
완벽하게 잘 가고 있습니다.

우리는 각자가 완벽한 우주입니다

삶을 탓하고 징징거리는 어린아이에서 벗어나
현실을 받아들이고 책임지는
어른이 되는 연습을 합니다.
내 삶의 모든 책임은 나에게 있습니다.

가끔 나는 우리 집 막둥이가 부럽습니다.
자기 뜻대로 안 되는 일이 생기면
무조건 엄마를 불러 해결해 달라 떼쓰고,
맘에 안 드는 일이 생기거나 기분이 조금만 나빠져도
엄마 때문에 그런다며 나 아닌 남 탓으로 돌려버리고,
갖고 싶은 게 생기면
막무가내로 내놓으라고 생떼를 부립니다.
이 모든 것이 자기가 타고난 당연한 권리인 양,
자기를 중심으로 세상이 존재하는 것이 너무나 마땅한
아이의 당당함과 뻔뻔함과 책임 없음이 참 부럽습니다.

어른이 된다는 건
자유를 얻는 대신에 그만큼 모든 것을 책임져야 하는

결코 기꺼이 받아들이고 싶지 않은 숙제와도 같습니다.
더 이상 나 아닌 남 탓을 할 수가 없고,
변명이나 핑계가 통하지 않는,
모든 일이 온전히 내 책임이고 내 몫임을
받아들일 수밖에 없습니다.

내 삶에서 일어나는 일은
전부 나의 책임입니다.
나의 이 현실은 그 누구나 상황 탓이 아닌
온전히 내가 불러들인 것이고,
나의 지금 이 모습과 존재 상태 또한
백 퍼센트 내 책임입니다.
이건 내 탓이 아니라고,
나는 이것을 원하지 않았다고 원망하고 변명하고 싶겠지만,
더 깊은 차원에서 들여다보면
내 삶에서 일어나는 그 어떠한 일도
나의 동의 없이는 일어날 수가 없습니다.

내가 허락하지 않는 한
그 어떠한 것도 내 삶에 들어올 수 없고,
내 안에 있지 않은 것은
이 세상에 현실이라는 모습으로 나타날 수가 없습니다.

우리는 각자가 완벽한 우주입니다

우리는 알게 모르게 무의식적으로 끊임없이
'나'와 '나의 현실'을 창조하고 있는 겁니다.

그러므로 자기에게 주어진 현실에 아무런 힘도 없는
무력한 희생자 노릇은 그만두어야 합니다.
회피하지도 말고 도망가지도 말고
내 앞에 놓인 것들을 똑바로 응시해야 합니다.

그렇게 내게 주어진 삶의 책임이
나에게 있음을 인정하고 받아들일 때야
현실을 바꿀 수 있는 힘도 내게 있음을 알게 되고
내 안의 무한한 힘과 자유를 느낄 수 있습니다.

그 누구에 의해서도
그 어떤 상황에 의해서도 휘둘리지 않을 수 있는
내 안의 고요한 마음자리를 느껴봅니다.

삶을 탓하고 징징거리는 어린아이에서 벗어나
현실을 받아들이고 책임지는 어른이 되는 연습을 합니다.
키 큰 어른의 넓은 안목에서 보는 세상은
나에게 무얼 더 보여줄지 기대되고 설레네요.

삶은 언제나 내 기대 이상이라 놀랍습니다.

타인이 나에게 내뱉는 말과 행동에 따라
자동 반사로 반응하지 않고, 내가 먼저 상대방을
품고 예쁘게 봐버리면, 나는 그야말로
내 삶의 온전한 주인이 될 수 있습니다.

요즘 한창 조금만 자기 뜻대로 되지 않으면 툭 삐지고
뭐든지 '싫어!', '안 해!'를 입에 달고 사는
다섯 살짜리 울 꼬맹이,
감정 기복이 그야말로 사춘기 아이와
갱년기 엄마를 합해 놓은 듯합니다.
자기가 화났다는 것을 티 내고 싶어서
발걸음도 힘주어 쿵쿵거리고 숨소리도 씩씩거리며
가만히 있는 나에게 와서 괜히 시비를 겁니다.

"나는 엄마가 싫어!"
"왜?"
"그냥 엄마 미워!"
"그래? 그래도 엄마는 정현이가 좋아."

"난, 엄마 싫어!"

"그래. 엄마는 그래도 정현이를 사랑해."

"엄마가 싫다니까!"

"그래. 난 그래도 정현이가 젤로 예뻐."

이렇게 끝이 없는 무한 반복의 대화를 합니다.

아이가 무슨 짓을 하든, 나를 싫어하든 미워하든 상관없이

나는 내 아이를 사랑합니다.

엄마가 싫다는 아이의 투정에

"그래도 엄마는 너를 사랑해" 이 말을 계속 반복하다가,

문득 내 아이가 아닌 타인에게도 이럴 수 있다면

얼마나 좋을까 생각해봅니다.

타인이 조금이라도 나를 비난하거나 화낼 기색을 보이면

우리 안에서는 즉각적으로 방어막이 쳐지면서

상대방에 대한 공격거리를 찾아내고,

날카롭게 감정의 날을 세웁니다.

"나도 너만큼이나, 아니 너보다도 더 화가 나고,

짜증이 나고, 네가 싫어! 너는 뭐 다 좋은 줄 아니?"라며

유치하게 대응하기도 합니다.

타인이 나에게 그 어떠한 감정의 쓰레기를 뱉어내도

우리는 각자가 완벽한 우주입니다

그 쓰레기를 줍지 않고
그저 씩 웃어줄 수 있다면 얼마나 좋을까요?
혼자서 씩씩거리며 화내는 내 아이를
속으로 미소 지으며 바라보듯 그렇게요.

타인이 나에게 쏟아내는 말과 행동에 따라
자동반사로 반응하지 않고,
그 순간 내가 먼저 상대방을 품어버리고 예쁘게 봐버리면,
나는 그야말로 내 삶의 온전한 주인이 될 수 있습니다.

궁극의 사랑은
상대방이 나를 사랑하든 사랑하지 않든 상관없이
내가 상대방을 사랑하는 것입니다.
타인이 나를 사랑한다는 사실이 중요한 게 아니라
내가 그를 사랑한다는 사실이
나에게 의미가 있기 때문입니다.

타인과 나를 끊임없이 분리하고자 하는
나의 에고(Ego)를 내려놓고
세상을 부드럽게 품어봅니다.
나를 불편하게 하거나 힘들게 하는 사람들에게
날을 세우고 방어막을 치는 대신에,

삶을 헤쳐우듯 살아내는 당신에게

그들 내면 안의 상처받기 쉬운 어린아이를 바라보고
내 아이 바라보듯 그렇게 먼저 품어내고
사랑의 마음을 내어봅니다.

내가 지금 보고 있는 눈앞의 타인은
정확히 내 마음의 투영이라
분별하거나 탓할 것이 하나 없습니다.
이렇게 나를 비추어주는 타인에게 그저 감사하고
축복을 보내는 것만이 내가 할 수 있는 최선의 일입니다.

오직 사랑만이 답임을 기억하고 또 기억해봅니다.

우리는 각자가 완벽한 우주입니다

살아 있는 모든 것은 온 마음을 다해
자기 자신을 표현해내고 있습니다.
우리 모두는 각자 신의 고유한 지문이라
이대로 온전하고 완벽합니다.

여기저기서 경쟁이라도 하듯
풀벌레와 새들의 소리가 요란합니다.
긴 세월 동안 땅속에 있다가 깨어난 매미는
짧은 한철, 왜 저리도 힘차게 울어댈까요?
이 나무에서 저 나무로 왔다 갔다 하는 청설모는
왜 그토록 무의미해 보이는 행동을 하는 걸까요?

그저 하루 내내 발발 기어 다니는 개미들,
이 풀에서 저 풀로 부단히도 날갯짓하며 움직이는 나비들,
하릴없이 허공을 나는 새들,
이 모든 생명체의 존재의 의미와
저 부질없어 보이는 몸짓의 이유는 무엇일까 궁금해집니다.

삶을 해치우듯 살아내는 당신에게

에너지 법칙에 따르면
우주는 절대 불필요한 것을 만들지 않으며,
가장 적은 에너지를 들여
가장 효율적인 방법으로
가장 완벽하고 균형 있게 이 세상을 유지합니다.
이 우주에 어쩌다 일어나는 우연이란 결코 없으며
모든 것은 그 존재의 목적을 가지고 이 세상에 나타납니다.

길가의 작은 돌 한 조각, 풀 한 포기조차도
우연히 그냥 거기에 놓인 것이 아니라,
꼭 그 자리, 그 시간에 있어야 하는
완벽한 필연 속에서 존재합니다.

이 세상은 우리의 이해를 넘어서는
완벽한 아름다움과 조화 속에서 펼쳐집니다.

감히 이해할 수도 상상조차 할 수 없는 대자연의 법칙과
우주가 그려내는 큰 그림이 궁금하지만,
몸이 전해주는 오감에 의지해
내 마음이 비추는 세계밖에는 볼 수 없는 나로서는
알 수가 없습니다.

우리는 각자가 완벽한 우주입니다

그저 모를 뿐입니다.
온통 모르는 것투성입니다.

다만 모든 생명체는 온몸과 마음을 다해
자기 자신을 표현해내고 있음을 압니다.
개미는 나비를 흉내 내지 않고
매미는 자기의 짧은 생을 한탄하지도 않고
청설모는 자기가 하는 행동에
쓸데없는 의미를 만들어내지 않고
모두 각자 온전히 자기 자신을 표현해내고 있습니다.

누가 더 낫네, 못 낫네 분별하지도 않고
자기가 가진 조건을 불평하지도 않으며
자기 존재의 의미를 부풀리기 위해
이것저것을 찾아 헤매지도 않습니다.

그저 자기 모습으로 존재할 뿐입니다.

자연을 통해 많은 것을 배웁니다.
자신이 아닌 다른 이가 되려 하지 않고,
내가 가지지 못한 것을 탐하기보다는
나에게 있는 이것 하나에 감사하고,

삶을 헤치우듯 살아내는 당신에게

생각이 만들어내는 쓸데없는 이야기들에 휘둘리지 않는,
온전히 나로서 존재할 뿐입니다.
나는 그 누구도 될 필요도 없고,
그 무엇이 될 필요도 없습니다.
그저 '나'로서 존재하기만 하면 됩니다.

우리 모두는 각자
비교 불가능하고 유일한 신의 고유한 지문이라
이대로 온전하고 완벽함을 기억합니다.

우리는 각자가 완벽한 우주입니다

모든 이에겐 각자의 정상이 있고,
그곳으로 가는 길은 다 다르게 놓여 있습니다.
나만의 정상으로 발걸음을 내딛는 오늘 하루,
길 위를 걷는 이 한 걸음 한 걸음이
내 삶의 목적이자 의미가 됩니다.

오늘 하루가, 매 순간이
내 삶의 목적이자 최고의 순간입니다.
무언가를 성취하고 눈에 보이는 결과물을 얻어야만
성공했다고, 정상에 도달했다고
웃고 행복할 수 있는 게 아니라,
정상을 향해 올라가는 한 걸음이 한 걸음이
곧 내 삶의 목적이고 내 존재의 의미입니다.

사람들은 흔히 정상에 서 있는 자신만을 상상하며
거기까지 가는 길은
인내와 고통의 시간으로 간주해버립니다.
얼마나 더 빨리, 더 높은 정상에 도달하느냐가
삶의 의미와 목적이 되어버리면

삶을 해치우듯 살아내는 당신에게

올라가는 그 길은 당연히 괴로움이 될 수밖에 없습니다.

그렇게 꼭대기까지 올라 잠깐의 성취감과 만족감을 맛본 후,
인생은 원래 이런 거라며
공허함을 가득 안고 내리막길을 내려옵니다.
정상에서의 잠깐의 희열을 위해서
나머지 온 시간을 희생하며 고통으로 생각한다면
그것처럼 어리석은 짓도 없습니다.

사회가 정해놓은 성공이라는 골대로
무작정 올라가는 무수히 많은 사람들 속에 휩쓸려
그렇게 그 무리 속의 하나가 되어버리면,
정작, 나는 누구인지
내가 왜 이 길을 올라가야 하는지
내가 진정으로 원하는 삶은 무엇인지
가장 본질적인 질문을 생각해볼 여유조차 없이
떠밀려가게 됩니다.

삶은 그런 게 아닙니다.
일률적으로 정해진 성공이라는 정상도 없고,
정상에 올라가야만
행복감과 만족감을 느낄 수 있는 게 아니며,

우리는 각자가 완벽한 우주입니다

우리 존재의 의미와 가치가
그로 인해 증명되는 것도 아닙니다.

모든 이에겐 각자의 정상이 있습니다.
그리고 그곳으로 가는 멋진 길들이
저마다 다르게 놓여 있습니다.

누구에게는 백 미터 달리기를 10초 안에 뛰는 것이
목표일 수 있지만, 어떤 이에게는
불편한 두 다리로 일상의 일들을 무리 없이 해내는 것이
삶의 가장 큰 과제일 수도 있습니다.
많은 사람이 돈을 많이 벌고 사회적으로 성공해
타인에게 인정받는 것을 인생의 큰 가치로 여기지만,
밤하늘의 별을 보며 우주를 생각하고
자연을 바라보며 조용히 자신만의 시간을 갖는 것을
최우선으로 생각하는 사람도 있습니다.

사람마다 자신이 타고난 재능과
최고로 생각하는 가치가 다 다르고
그 가치를 추구하는 방식 또한
매 순간 무한한 가짓수로 나뉩니다.
삶은 우리가 상상할 수 있는 것 이상으로

무한하게 다양하고 아름답습니다.

매일매일의 순간들은
각자의 정상으로 내딛는 한 걸음 한 걸음이고
곧 그 순간들이 그 자체로 삶의 정상입니다.

매 순간이 삶의 목적이자 최고의 순간입니다.

우리는 각자가 완벽한 우주입니다

삶에서 그 어떤 일이 일어나더라도
내 근원의 존재에는
아무런 영향도 미치지 못합니다.

새벽 바다의 고요함과 평온함은
태초의 지구가 이런 모습이 아닐까 싶을 정도로 감동입니다.
생명이 탄생하기 이전의,
그 어떤 이야기도 만들어지지 않은
아무 일 없음을 느낄 수가 있습니다.

밀려오고 내려가는 물살과 지구의 들숨과 날숨만이 존재하는
고요하디 고요한 바다 앞에서는
늘 시끄럽게 재잘대던 머릿속의 생각마저
숨소리를 죽인 채 조용해집니다.
아, 진정한 깊은 고요함과 평온함이
이런 것이구나 느껴집니다.

삶을 해치우듯 살아내는 당신에게

대자연 앞에 서면 인간이 만들어낸 것들이
얼마나 조잡하고 시끄럽고 하찮은지를 알게 됩니다.
인간이 빚어낸 모든 소리는 소음이 되고,
멋진 척, 잘난 척, 폼을 재며
지구상에 인간이 세우고 짓고 꾸며낸 것들은 전부
자연을 본떠 만든 허접한 장난감들에 불과합니다.

그 어떠한 깊은 철학적 사유도
인간의 말꼬리 잡기 놀이에 지나지 않고,
인간이 하는 모든 행위 또한
어린애의 철없는 장난일 뿐입니다.

우리를 그토록 심각하게 만드는 일은 전부
깊은 바다 위의 잔물결의 출렁임만도 못함을 알게 됩니다.
삶에서 어떤 일이 일어나더라도 내 근원의 존재에는
아무런 영향도 미치지 못함을 느낄 수가 있습니다.

내 몸을 떠나서 진짜 나를 만나봅니다.
저 깊은 바다처럼
그 무엇에도 흔들리거나 훼손되지 않고
그 어떤 것도 다 품어내고 정화시키는
한없는 존재인 나를 느껴봅니다.

우리는 각자가 완벽한 우주입니다

한정되고 좁은 몸에 국한시키기에는
우리의 본 모습은 너무나도 무한하고 큰 존재입니다.

유한한 몸에 무한한 나를 가둬두려는
모든 애씀과 노력을 내려놓습니다.
스스로 나를 옭아맨 모든 한계와 제약에서 벗어나도
나는 충분히 안전함을 느낍니다.

내가 나의 현실에서 옳고 진실인 것만큼
그의 현실에서는 그가 진실이고
절대적으로 옳습니다.

요즘 따라 내게 느껴지는 세상의 변화가
서서히 시나브로 다가오는 게 아니라
미처 적응할 시간도 없이, 급속히 다른 세계로 뛰어넘듯
그렇게 끊어진 덩어리의 세상 속으로
점핑하는 듯 느껴집니다.
내가 세상을 통과하는 속도가 빨라져서
변화의 흐름을 세세히 감지를 못해서 그런 건지
아니면, 나를 포함한 이 우주의 팽창 속도가 빨라져서 생긴
전 우주적 현상인지 궁금해집니다.

확실한 것은, 에너지의 흐름이 엄청 빨라졌다는 것이고
우리가 전에 알던 익숙한 세상에서
이미 다른 세상으로 들어가는 입구에

들어와 있다는 것입니다.
물론 이게 나 혼자만 보고 느끼는 세상일지도 모릅니다.

누군가에게는 현대의 과학적 산물이 버거워
기계의 힘을 빌리지 않고 손수 모든 것을 해결하고 싶어 하는
20세기를 살아가는 사람도 있고,
누군가는 이미 지구인 모두가 우주여행을 하고
다른 행성에 정착해 사는 미래 속에 있는 사람도 있습니다.

사람들은 모두 각자 다른 자신만의 우주 속에서
각자 다른 속도를 가지고 있습니다.
그래서 내가 보고 느끼는 이 세상이
다른 이에게도 진실이고 옳을 거라는 생각은
엄청난 착각입니다.

모두 저마다 옳다고 생각하는 대로 세상을 바라보고 느끼며,
이것은 한 치의 오류도 없이 그 사람에게는 진실입니다.

나는 오직 나의 세계만을 볼 수 있을 뿐
다른 이의 세상은 결코 알 수도 공감할 수도 없습니다.
그래서 타인을 함부로 비난하거나
판단하고, 분별할 수 없는 것입니다.

내가 나의 현실에서 옳고 진실인 것만큼
그 사람의 현실에서는 그가 진실이고
절대적으로 옳습니다.

타인을 판단하고 분별하는
끊임없는 내 안의 재잘거림을 꺼버립니다.
모든 이는 그대로 완벽하게 옳음을 인정하고 받아들입니다.

각자의 세상에서는 각자의 현실이 곧 진실입니다.

나를 내 세상의 중심에 놓으면
나는 그 어디에서도, 그 어떤 상황에서도
당당하고 평온할 수 있습니다.

오늘 새벽바람이 참으로 좋네요.
바람 속에 있는 것이 너무나도 좋아서
도무지 그 안에서 빠져나올 수가 없습니다.
바람의 힘을 빌려서
하루 내내 바깥세상에서 나 자신을 비교하고 판단하느라
쪼그라들었던 몸과 마음을 쫙 펴봅니다.

우리는 무의식적으로 끊임없이 타인과의 비교를 통해서
나의 위치를 가늠해보고 자신의 가치를 판단합니다.
저 사람보다는 우월하다는 생각에 우쭐해지기도 하고,
내가 해내지 못한 어떤 것을 이룬 사람 앞에서는
열등감에 한없이 작아지기도 합니다.

삶을 해치우듯 살아내는 당신에게

반사적으로 일어나는 이런 비교와 판단은,
무의식에 새겨진 자신과 세상에 대한
관념의 반영일 뿐입니다.
이미 자기안에 가지고 있던 자신의 모습을
세상 속에 비추어 바라보는 것입니다.

나의 가치는 타인과의 비교를 통해서 매겨지는 것이 아니라
스스로가 자신에게 부여하는 것입니다.
나는 세상과 타인에 의해서 존재하는 것이 아니라
오직 나에 의해서 나를 위해 존재하기 때문입니다.

비교처럼 무의미한 것은 없으며
판단처럼 이 세상을 왜곡하는 것은 없습니다.
나는 온전히 나일 뿐입니다.

오늘도 순간순간 내 안의 나에게 노크합니다.
'지금 어떠니?'
'무엇을 하고 싶니?'
'왜 그런 생각과 감정이 일어나는 걸까?'
'지금 나의 이 행동의 이유는 뭘까?'

타인의 눈을 통하지 않고

우리는 각자가 완벽한 우주입니다

온전히 나의 시선으로 나를 바라봅니다.
나에 대한 믿음과 자신감으로 내 안을 가득 채웁니다.

그 누가 뭐라 해도
나는 나의 우주에서 유일무이한 존재이며
내 세상의 주인공이고
이대로 어디 하나 더하고 뺄 것 없이 충분합니다.

나를 내 세상의 중심에 놓으면
나는 그 어디에서도, 그 어떤 상황에서도
당당하고 평온할 수 있습니다.

나는 나 아닌 그 누구에 의해서도
평가받거나 정의될 수 없는
'나로서 존재하는 나'입니다.

삶을 해치우듯 살아내는 당신에게

이 세상에 올 때 내가 가지고 온
나의 능력은 무엇인지 기억해냅니다.
나는 무한한 존재임을 알 수 있습니다.

야생의 코끼리를 길들이는 '파잔 의식'이라는 것이 있습니다.
두세 살의 어린 코끼리를 어미 품에서 떼어내서
몸을 기둥에다 묶고 몇날 며칠을 때리고 굶겨서
인간의 말에 복종하게 하는 의식입니다.
이렇게 몸과 영혼이 파괴된 코끼리는
자신의 야생성을 잊어버린 채
평생을 인간의 노예로 살아가게 되는 것이죠.

어쩜 인간도 그와 비슷하지 않을까요.
아무런 한계도 없고 제약도 모르는
원래는 무한하고 순수한 영혼인 우리가,
이 세상에 태어나 사회와 타인들이 심어주는
온갖 관념과 규칙에 의해 제한되고 한계 지어집니다.

우리는 각자가 완벽한 우주입니다

내 이름이 정해지고
내 성별이 정해지고
내 역할이 정해지고
내 한계가 정해집니다.

이 선은 넘어가면 큰일나고
다른 곳은 기웃거리면 안 되고
세상에 대한 호기심과 상상력은
해야 하는 수많은 의무들에 억눌립니다.

이 몸이 나의 전부이며,
나를 부풀려 보이게 할
더 좋은 집, 더 좋은 차, 더 좋은 직업 등
이런 물질적인 것을 추구하는 게
최고의 가치인 것처럼 세뇌를 당합니다.

어디로 가는지, 왜 가야 하는지도 모르는 채,
앞사람의 발뒤꿈치만 따라서 갈 뿐입니다.

행여나 그 대열에서 이탈할까
전전긍긍하며 타인을 쫓기에 바쁘고
조금이라도 대열에서 뒤처진다 느껴지면

삶을 해치우듯 살아내는 당신에게

몸과 마음을 자학하는 고문을 자신에게 스스로 내립니다.

무의식에 심어진 미지에 대한 두려움과 불안에
자기가 갇혀 있는 세상 밖으로는
한 발짝도 나갈 수가 없습니다.
자신이 진정 누구인지도 모르고
정해진 똑같은 무의미한 짓을 반복하며
그저 고통을 피하는 데만 급급해집니다.

우리는 그런 제한된 존재가 아닙니다.
세상은 언제 나를 집어삼킬지 모르는 정글 같은 곳이 아니며,
타인은 내 생존을 위하여
나와 분리해 견제해야 하는 대상이 아닙니다.

우리는 언제나 세상의 완벽한 보호를 받고 있으며,
그런 세상에서 생각만으로도 무엇이든 창조해낼 수 있는
무한하고 큰 존재입니다.

그저 기억해내기만 하면 됩니다.
내가 진정 누구인지
나는 왜 이 세상에 존재하는지
이 세상에 올 때 내가 가지고 온 나의 능력은 무엇인지

우리는 각자가 완벽한 우주입니다

기억해내기만 하면 됩니다.

내가 지닌 관념들과 한계들을
하나하나씩 들여다보고 질문합니다.
이게 과연 진실인지
이 생각은 어디에서 온 것인지
이게 진실이라는 것을 어떻게 증명할 수 있는지
이렇게 내가 당연하게 여기는 것들을
하나하나 자세히 들여다보면
모두 다 내 생각이 지어낸 이야기임을 알 수 있습니다.

4장

원하는 것은
무엇이든
이루세요

> 우주는 나에게 가장 알맞은 때에
> 가장 최고의 방식으로 나의 소원을 이루어줍니다.
> 내가 지금 하는 이 한 생각의 힘이 얼마나
> 강력한지 알면 전 우주를 바꿀 수 있습니다.

저녁이면 늘 산책하던 강가에
부처님 오신 날을 알리는 색색의 연등이
반짝반짝 빛나는 구슬 공처럼 매달려 있네요.
사람들이 무슨 소원을 저리도 빌었을까 궁금해집니다.

돈을 많이 벌게 해달라는 소원도 있을 거고,
시험에 합격하길 바라는 염원도 있을 거고,
좋은 인연을 만나기를 바라는 소원, 건강을 바라는 소원,
아마 각자의 사정에 따른 저마다의 소원이 있을 겁니다.

그런데 저들 중 저렇게 연등을 달면 소원이 이루어질 거라고
한 치의 의심도 없이 온전히 믿는 사람이 얼마나 될까요.
내가 소원하고 바라도 이루어지지 않는 게 많다는 것을

원하는 것은 무엇이든 이루세요

살아오면서 이미 학습해온 대부분의 사람들은,
소원을 빌면서도 한편으로는 안 이루어질 수도 있다는
불안감도 분명히 있을 겁니다.
그런 의심이 단 1퍼센트도 없는 사람이라면
이미 생각과 동시에 현실로 이루어지기 때문에
저 연등을 달며 빌 필요도 없겠지요.

바라는 것은 정확하게 다 이루어집니다.
정말 한 치의 오차도 없이 완벽하게 다 이루어집니다.
아이러니한 것은 우리 마음속의 불안, 두려움, 의심까지도
다 이루어진다는 사실입니다.

돈을 많이 벌기를 원하면서도 한쪽 마음에서는
'이런 불경기에 돈이 많이 벌리겠어?'라고 생각하면
그 생각까지 다 이루어지고,
시험에 합격하기를 바라면서도
'내가 공부량이 부족해서 힘들 수도 있겠다'는 그 마음조차도
우주는 여우같이 알아채고는 다 이루어줍니다.

좋은 인연을 만나기를 바라면서도
'나 같은 사람에게 그런 멋진 사람이 오겠어?'라고 생각하면
딱 그에 걸맞은 사람을 만나고,

건강하길 원하면서도
건강하지 못한 나의 생활 습관을 마음에 걸려 하면
그것 또한 우주는 정확하게 계산해서 이루어줍니다.

우주는 이것은 되고 저것은 안 되고
판단하고 분별하는 법 없이,
우리가 생각한 것은 그대로 다 이루게 해줍니다.
이것이 우주가 일하는 방식입니다.

우리는 생각으로 무엇이든지 창조할 수 있습니다.
다만 우리의 생각이 이리저리 무수히 많은 방향으로
튀어 다니기 때문에 한 방향으로 모이지 못하고
플러스 마이너스 제로가 되어버립니다.

생각의 힘은 강력합니다.
자신이 소원하는 방향으로 생각을 모으고,
우주는 나에게 가장 알맞은 때에
가장 최고의 방식으로
나의 소원을 이루어줄 것이라는 걸 알고
그냥 믿고 맡기면 됩니다.

내가 지금 하는 이 한 생각의 힘이 얼마나 강력한지 알면

원하는 것은 무엇이든 이루세요

전 우주를 바꿀 수 있습니다.

삶을 해치우듯 살아내는 당신에게

내가 하는 모든 말은 나의 현실이 됩니다.
내가 생각하고 느끼는 단어가 곧 '나'입니다.

오늘은 산을 오르는 내내 노래를 흥얼거립니다.
그냥 내 안에서 멜로디가 절로 나옵니다.
이렇게 바람을 느낄 수 있고, 걸을 수 있고,
꽃과 나무들을 볼 수 있고, 만질 수 있다는 게
너무나 신이 납니다.

신난다.
신난다.
신난다.
이 말이 참 좋습니다.
'신난다'라는 말에 정말 신이 나는 에너지가
가득 들어 있네요.

원하는 것은 무엇이든 이루세요

언어의 힘은 강력합니다.
단어 자체에 그 단어가 가지는 의미의
에너지가 가득 들어 있습니다.

사랑, 감사, 기쁨, 희망, 행복, 평화,
단어 안에는 그 단어가 생긴 이후
지구상에 존재했던 수많은 사람이
그 단어를 생각하고 느끼고 말했을 때의 에너지가
고스란히 담겨 있습니다.

우리가 '사랑'이라고 말할 때, '사랑'이라는 말 안에는
숫자의 개념을 넘어선 그야말로 영겁의 '사랑'이 들어 있고,
'행복'이란 단어 안에는 '행복'이란 단어를 사용한 사람들의
모든 행복이 그 안에 담겨 있습니다.

그래서 어떤 감정을 느끼고 싶을 땐
그 감정의 단어를 계속해서 생각하고 말하면 됩니다.
오감이 말해주는 현실에 묶이지 말고
상상력을 발휘하면 됩니다.

현실이 너무 어둡고 힘들다고 느껴질 땐
내 오감이 무의식의 프로그램과 짜고

날 속이는 것임을 알아차리고,
그 즉시 자신이 원하는 감정의 말로
뇌를 설득시킬 수 있습니다.

"그래도 이만하길 다행이야."
"나에겐 이게 있어서 얼마나 좋아."
"결국은 다 잘 될 건데, 뭐 이쯤이야."
"난 정말 운이 좋아."
"더 좋은 것이 오고 있어."
"얼마나 더 일이 잘되려고 이러는 걸까."
"정말 좋다."
"진짜 좋네."

이런 긍정의 말들로 나의 뇌를 설득하고 감정을 끌어올리면
신기하게도 그 순간 삶의 배경음악이 변하게 됩니다.
어둡고 침침한 모노톤의 무거운 배경에서
가볍고 경쾌하고 유쾌한 로맨틱 코미디가 되기도 하고
결국은 해피엔딩으로 끝나는
아름다운 휴먼드라마가 되기도 합니다.

삶은 내가 원하는 대로 해석하고 느낄 수 있습니다.
정해진 규칙도 없고

원하는 것은 무엇이든 이루세요

이럴 땐 당연히 이래야 한다는 당위성도 없습니다.
내 삶은 온전히 나의 선택으로 전개되는
내가 주인공이자 감독이자 시나리오작가인
나의 영화인 것입니다.

내 입을 통하여 나가는 나의 모든 말은 나의 현실이 됩니다.
이 순간 내가 생각하고 느끼는 단어가 곧 '나'입니다.

현실을 창조하는 가장 강력한 도구는 말과 느낌입니다.
우리는 이 말과 느낌으로
자신의 세상을 얼마든지 원하는 대로 창조할 수 있습니다.

삶을 해치우듯 살아내는 당신에게

> 세상의 부와 풍요는 태양 빛과 같습니다.
> 누구에게나 공평하고 무한합니다.
> 내 몸을 직접 움직여 내가 바라는 것들이 있는
> 시간과 공간을 관통해내기만 하면 됩니다.

태양의 황금빛에 나의 온몸과 마음이 뽀송뽀송해집니다.
태양의 생명 에너지로 나의 심신을 가득 충전합니다.

태양 빛은 그 자체로 모든 것을 살아 있게 하고 생동하게 하는
생명 에너지이자 치유의 에너지입니다.
'이 햇살을 담아서 주머니에 넣고 다니다가
마음에 그늘이 질 때 꺼내어
이 빛으로 내 마음을 밝힐 수 있다면 얼마나 좋을까?'
그런 생각을 하다가 문득
'아! 이 태양 빛은 무한하구나.' 하고 깨닫습니다.

내가 아무리 태양 빛을 많이 쬔다고 해서
다른 사람에게 가는 빛이 줄어드는 게 아니듯,

우주에 널려 있는 부와 풍요도 마찬가지입니다.

다른 사람이 많이 가지면 나에게 돌아올 몫이 줄어든다는
세상의 제한된 관념 속에서 살아온 우리는,
내가 많은 몫을 가지는 것에 대해서는 죄책감을 느끼고
다른 이가 많이 가지는 것에 대해서는
질투하고 불안해합니다.

우주의 부와 풍요는 태양 빛과 같습니다.
누구에게나 공평하고 또 무한합니다.
내가 많이 가진다고 해서
다른 이의 몫과 기회가 줄어드는 것도 아니요,
다른 이가 얼마나 많이 갖든 상관없이
내가 원하기만 하면 얼마든지 필요한 만큼
충분히 가질 수 있습니다.

이 무한한 가능성과 풍요를 보지 못하고
느끼지 못하는 이유는
우리가 가진 편협한 시야와 제한된 관념 때문입니다.

무엇이든 다 있는 뷔페에 수많은 음식이 널려 있는데도,
늘 먹던 음식만 계속 가져다 먹으면서

삶을 헤치우듯 살아내는 당신에게

먹을 것이 없다고 불평하는 것과 같습니다.
누가 내게 이 음식만 먹으라고 강요한 것도 아닌데
다른 음식을 먹으면 탈이라도 날 것처럼
괜히 스스로 두려워하고 불안해합니다.

한 번도 먹어보지 않아 어떤 맛일지 몰라
망설여지고 두려워지는 것일지라도,
가서 집어 와 먹어볼 수 있는 자유가 우리에게 있습니다.
먹고 나서 익숙한 맛이 아니라서
마음에 안 들고 후회할 수도 있지만
그래도 '이런 맛이 있었구나.' 하며
내 삶의 경험치를 좀 더 풍요롭게 할 수 있습니다.

세상은 내가 원하기만 하면,
바라고 행동하기만 하면,
무엇이든 할 수 있고 될 수 있고 가질 수 있는
무한한 에너지의 장입니다.

뭐든 다 있습니다.
뭐든 다 할 수 있습니다.

그저 내 몸을 직접 움직여

내가 바라는 것들이 있는
그 시간과 공간들을 관통해내기만 하면 됩니다.

여기저기 지천으로 널려 있는 부와 풍요를 느껴봅니다.
부와 풍요가 들어오지 못하도록 나를 둘러싸고 있던
모든 제한된 관념을 허물어냅니다.
이미 다 이루어져 있고 존재하는 세상의 모든 풍요가
지금 나에게 있습니다.

삶을 해치우듯 살아내는 당신에게

그 어디에도 얽매이지 않고,
꼭 해야만 하는 것도, 지켜내야 할 것도 없는
자유로운 삶의 여행에 감사합니다.

사람이란 참으로 간사하기 그지없는 게
이것 하나만 주어지면 소원이 없겠다 하다가도
그 하나만 주어지면 감사한 마음보다
당연한 마음이 더 앞서고,
거기서 두 개, 세 개를 더 바라는 마음에
또다시 오만과 결핍 속으로 빠져들게 됩니다.

나의 에고(Ego)는 조금만 잘 된다 싶으면
어떻게든 내가 했음을 내세우고 싶어 안달이고,
'나'라는 옷에 여기저기 바람을 빵빵하게 넣어
자아를 부풀리기에 급급합니다.

'내가 했다'는 생각

원하는 것은 무엇이든 이루세요

'이것이 나'라는 자만이 슬금슬금 올라와
내가 나의 에고의 목소리에 한껏 취해 있을 때,
신은 언제든 그다음 순간에 나에게서 그것들을 뺏어가
나를 바짝 엎드리게 만드실 수 있음을 압니다.

'내가 했다'라는, '나는 이런 사람이다'라는,
타인과 나를 분리해 우월을 느끼고자 하는 나의 에고를
경계하고 또 경계합니다.

'내 것'이라는 집착을 내려놓습니다.
'나'라는 생각 없이 그냥 합니다.
'내가 한다'라는 내세움 없이
그저 신이 나를 통해 일하게 허용합니다.

결과물 앞에서도
내가 한 것은 하나 없기에 고요할 수 있고,
내게 주어진 것들은 전부
신이 잠시 나에게 맡긴 것이기에
언제든 기꺼이 돌려줄 수 있는 무심함으로 받아들입니다.

삶이라는 여정에서
내 것이라고 말할 수 있는 건 하나도 없습니다.

이 몸도 잠시 빌려 쓰는 것이고,
이 몸으로 누리는 것들도 전부
바람 불면 흩어지는 구름처럼 형체 없는 에너지에 불과하니,
매 순간이 가볍고 자유로울 수 있습니다.

그 어디에도 얽매이지 않고,
꼭 해야만 하는 것도, 지켜내야 할 것도 없는
자유로운 삶의 여행에 감사합니다.

신께 잠시 빌린 이 몸으로
세상이라는 이 아름다운 시공간에서
황송할 만큼 많은 축복의 선물들을 원 없이 누립니다.
삶이 내게 주는 것들 하나하나마다 전부
신의 배려와 사랑이 깃들어 있음을 느낍니다.

원하는 것은 무엇이든 이루세요

집중과 몰입 그리고 관통,
생각을 통제하고 마음을 길들이면
이 세상에 못 해낼 것도,
어려울 일도 하나 없습니다.

그동안 삶을 살아오면서 행했던 무수한 일 가운데,
진심으로 그 안으로 깊이 들어가서 최선을 다하고
온전히 겪어낸 일들이 얼마나 될까 생각해봅니다.
그저 언저리만 빙빙 돌며 그 안을 관통하지 못하고
수박 겉핥기처럼 세상을 살아오진 않았나 반성해봅니다.

최선을 다한다는 것은, 매순간 깨어서
그 일에 나의 주의를 온전히 기울인다는 말입니다.
무의식적으로 해내는 게 아니라,
순간순간 생각하고 판단하고 결정해서
내 의지로 행한다는 의미입니다.

우리는 자신의 자유의지로 결정하고 행동한다고 생각하지만,

삶을 해치우듯 살아내는 당신에게

자세히 살펴보면 대부분의 결정과 행동은
이미 무의식이 정해 놓은 대로 습관적으로 이루어집니다.

잠에서 깨어 똑같은 행동들로 하루를 시작하고
늘 다니던 길로 왔다 갔다 하며
어제 했던 똑같은 일들을 반복합니다.
과거의 정보대로 사람들을 바라보고 상황을 처리하며,
고민하는 척하지만 결국은 늘 해오던 대로 선택하고,
익숙한 반응과 감정을 일으킵니다.

우리는 매일매일을 과거를 되풀이하는
자동항법에 맡기고 있습니다.
하던 대로 생각하고 행동하고 반응하는 자동화된 일상은
편리하고 에너지가 덜 들기는 하지만,
그것에 우리 인생을 맡기기에는
이 시공간은 지나치게 무한합니다.

늘 같은 항로를 왔다 갔다 하며
매일 똑같은 길과 풍경을 보기에는
이 세상은 너무나도 넓고 풍요롭습니다.

무의식의 프로그램대로 반응하지 않고,

원하는 것은 무엇이든 이루세요

어제와 똑같은 생각과 행동을 되풀이하지 않고,
지금 이 순간, 내가 무얼 하려고 하는지 알아차립니다.

그리고 선택합니다.
내가 의도하는 바가 무엇인지,
나는 이 행동을 통해 무얼 얻고 싶은지,
내가 진정으로 원하는 것은 무엇인지,
의식적으로 생각하고 나의 에너지를 쏟아 선택합니다.

집중과 몰입 그리고 관통,
생각을 통제하고 마음을 길들이면
이 세상에 못 해낼 것도, 어려울 일도 하나 없습니다.

본질로 들어갑니다.
언저리를 빙글빙글 돌면서
무의식적으로 대충 해치우는 게 아니라,
그 순간의 그 행위가 내 영혼에 닿도록 최선을 다합니다.

매 순간에 몰입합니다.
지금 이 순간, 정확히 내가 무얼 하려는지 알아차리고,
깨어서 선택하고 그 안으로 들어갑니다.

삶을 해치우듯 살아내는 당신에게

내가 힘을 쏟고 움직인 딱 그만큼만이
나의 세상인 것입니다.

잠든 채로 매일 똑같은 쳇바퀴를
천만년 돌리며 사는 것보다
깨어 있는 지금 이 한순간이 훨씬 소중하고
빛납니다.

잠에서 막 깨어서 현실 세계로 넘어오는 그 순간에는
깨고 싶지 않아 저항이 일지만,
막상 몸을 일으켜 밖으로 나오면
깨어 있음이란 얼마나 좋은가 감탄하게 됩니다.

말로 설명할 수 없는 명료함과
존재함을 오롯이 느낄 수 있는 이 밝음이란,
어두운 동굴 속에서 웅크리고 있다가
환한 바깥으로 나온 느낌이 이럴 것입니다.
이불 속에 있을 때는 도무지 그곳을 나오기가 싫고,
잠들어 있을 때는 잠에서 깨기가 쉽지 않습니다.

관성이라고 부르기도 민망한 이 게으름은

삶을 헤치우듯 살아내는 당신에게

원래 인간의 몸에 내재된 에너지 보존과
생존을 위한 프로그램일지도 모릅니다.
편하고 안락한 것만 찾고,
변화를 싫어하고 모험과 도전을 두려워합니다.

그 결과야 어떻든 간에 하던 대로 하려고 하고,
예측 불가능한 행복보다는 익숙한 불행을 택할 정도로
미지의 것에 대한 막연한 공포를 지니고 있습니다.

내가 만든 울타리 안에 갇혀서
'여기가 제일 안전하고 최고다.' 여기며 살 수도 있고,
그 울타리 밖으로 나와서
더 넓고 다양한 세상을 볼 수도 있습니다.
우리의 삶이 지루하고 재미없는 건
자신이 만든 감옥 안에서 너무나 안전하고 편안하게
아무런 변화 없이 빙빙 돌고 있기 때문입니다.

이 무의식에 입력된 프로그램을 다시 재설정하고
자기가 갇힌 세계를 뚫고 나오기 위해선
계속해서 앞으로 나가야 합니다.
행동과 행동 사이에 생각을 없애고 그저 행해야 합니다.

내가 가는 이 길에서 무엇을 만나고
이 길의 끝에 무엇이 있을지 모르지만
그냥 앞으로 나갑니다.

행하지 않으면, 가지 않으면,
결코 새로운 세상을 만날 수 없습니다.

지금 내딛는 이 발걸음이
미래의 어떤 세계와 연결될지는 모르지만,
내가 발을 내딛는 순간
나는 무수한 세계와의 연결 가능성의 고리를 만들게 됩니다.

잠든 채로 매일 똑같은 쳇바퀴를
천만년 돌리며 사는 것보다,
깨어서 이 세상을 느끼고 바라보는 지금 이 한순간이
훨씬 소중하고 빛이 납니다.

내 몸과 마음이 어디를 향하는지도 모르고
떠밀려 간 거리가 백만 킬로미터라 해도,
내 의지로 내가 원하는 방향으로 내딛는 한 걸음이
훨씬 더 위대합니다.

삶을 해치우듯 살아내는 당신에게

지금 이 순간, 깨어서 내딛는 이 발에

새로운 세계가 열립니다.

내가 내 몸을 움직여 살아낸 딱 그만큼이 나의 세상입니다.

원하는 것은 무엇이든 이루세요

가보지 않으면 모릅니다.
나에게도 날개가 있어 날 수 있는지,
내가 그토록 두려워하던 세상이
얼마나 넓고 아름다운지, 직접 부딪치지 않으면
절대 볼 수도, 느낄 수도 없습니다.

스스로 만들어 놓은 나의 새장이
실체처럼 보이고 느껴집니다.
그 너머로는 절대 날 생각도 하지 않고,
그 바깥의 세상은 나와는 상관없는 세상이라 여기고
감히 의식조차 하지 않던 그 경계가 보입니다.

사람들은 보통 자신에게
자기가 스스로 쳐놓은 새장이 있다는 것을
인식조차 하지 못합니다.
그저 익숙한 자기의 세계 안에서 매일매일 늘 해내던 대로
자기가 해본 방식과 가보았던 안전한 길로
평생을 돌다가 죽습니다.

삶을 해치우듯 살아내는 당신에게

새장 안에서 태어나 평생을 그 안에서 살아가는 새는
자신에게 날개가 있어 날 수 있다는 것을,
그리고 이렇게 파란 하늘과 넓은 세상이 있다는 것을
꿈에서조차 알지 못한 채,
새장 안의 세상이 다인 줄 알다가 죽습니다.

사람들마다 저마다 가장 안전하고 편안하다고 생각하는
세상의 경계가 있습니다.
그 경계를 넘어가면 당장에 벼랑 끝으로 떨어져 죽을 것 같고,
숨쉴 수 있는 공기가 없을 것 같아
감히 가볼 생각조차 하지 않는,
그런 새장 밖의 두려운 세상이 있습니다.

가보지 않으면 모릅니다.
나에게도 날개가 있어 날 수 있는지,
그리고 내가 그토록 두려워하던 그 세상이
얼마나 넓고 아름다운지,
직접 부딪치지 않으면 절대 볼 수도, 느낄 수도 없습니다.

두려움을 안은 채 새장에서 벗어나 드넓은 푸른 하늘로
조심스레 날갯짓을 해봅니다.
그 한 번의 소심한 날갯짓이

원하는 것은 무엇이든 이루세요

내가 정한 한계를 넘어서는 과감한 날갯짓이 됩니다.

하면 다 하게 되어 있습니다.
우리의 생각으로 가로막지만 않는다면
이 세상은 뭐든 다 할 수 있고 될 수 있는
무한한 에너지의 장입니다.

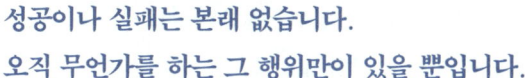

성공이나 실패는 본래 없습니다.
오직 무언가를 하는 그 행위만이 있을 뿐입니다.

숨쉰다는 것이, 살아 있다는 것이
너무나도 근사해서 신이 납니다.
살아서 할 수 있는 모든 것들에 가슴이 마구마구 설렙니다.

뭐든지 해볼 수 있고,
뭐든지 느낄 수 있고,
뭐든지 사랑할 수 있을 듯한,
이 무한한 충만감에 날아갈 듯합니다.

정말 뭐든지 다 해볼 수 있습니다.
그걸 못 하게 가로막는 것은 우리의 제한된 생각입니다.

나는 이걸 해내지 못할 거란 스스로가 정한 한계.

원하는 것은 무엇이든 이루세요

'사람들이 나를 비웃지는 않을까' 하는
타인의 시선에 대한 두려움.
'나는 이런 것들을 누릴 자격이 없다'라는
자신에 대한 확신과 사랑의 결핍.

이런 생각과 관념의 틀에 갇혀서
우리는 무한하고 풍요로운 세상에서 옴짝달싹 못한 채
바로 앞의 발밑만을 더듬더듬 살피며 걷기 바쁩니다.

울 막둥이는 그림을 그리는 걸 좋아하는데
이 아이는 그림을 그리면서 무슨 생각을 할까요?
'그림을 잘 그려서 사람들에게 인정받고, 돈도 벌어야지' 하며
무언가 뜻깊은 이유와 목적을 가지고 그림을 그릴까요?

아이는 그림 그리는 것이 그저 재밌어서 그리는 겁니다.
자기가 해보지 않은 것을 시도해서 해내는 게 재밌고,
그것을 꼭 남들보다 뛰어나게 잘해야 한다는 생각 없이
온전히 자기가 기준이 되어 그 일을 합니다.

'내 그림을 보고 사람들이 비웃으면 어쩌지?
어차피 그림을 꼭 그려야만 하는 것도 아닌데'
'내가 군이 그림 그리는 수고를 할 필요가 뭐가 있나.

난 해보지도 않았고, 잘하지도 못할 게 뻔한데.'

아이는 절대 이렇게 생각하지 않습니다.
오직 그림을 그리는 그 순간에만 집중합니다.
결과에 상관없이 그림을 그리는 행위 그 자체만 즐깁니다.

내가 정한 한계들을 가볍게 무시하고
나의 욕심과 의도를 내려놓고 그냥 합니다.
내가 이 세상에 존재함으로써
시도해보고 체험할 수 있다는 사실에 순수하게 기뻐하고
그저 그 행위의 순간들을 즐깁니다.

성공이나 실패는 본래 없습니다.
오직 무언가를 하는 그 행위만이 있을 뿐입니다.

원하는 것은 무엇이든 이루세요

지금이 아닌 미래는 없습니다.
지금 이 순간에 내가 그것이 되어야 합니다.
나는 정확하게 나 자신을 끌어당깁니다.

무언가를 미룰 수 있는 미래란 존재하지 않습니다.
'언젠가는 이걸 해야지.'
'나중에 이렇게 될 거야.'
이런 '언젠가'와 '나중'은 존재하지 않습니다.
지금 이 순간의 나의 존재 상태가
5년 후, 10년 후, 20년 후, 30년 후의 딱 내 모습입니다.

'지금 이 순간'이 아닌
'미래의 어느 순간'이란 없습니다.

지금 이 순간에 내가 그것이 되지 못하면
미래의 어느 순간에도 지금 이 모습 이대로이며,
지금 이 순간에 내가 그것을 갖지 못하면

삶을 해치우듯 살아내는 당신에게

미래의 어느 순간에도 나에게 그것은 없습니다.
오직 지금 이 순간만이 있을 뿐입니다.

미래에 내가 그것이 되고 싶으면
바로 지금 이 순간에 내가 그것의 존재 상태가 되어야 하며,
내가 원하는 감정이 있으면
지금 이 순간, 그 감정을 느껴야 합니다.

지금 이 순간의 내 감정과 삶에 대한 태도가
곧 나이고 내 전 생애입니다.
지금 이 순간에 내가 어떤 생각을 하고 결정을 하느냐에 따라
나의 과거, 현재, 미래가 바뀌며
나의 수많은 전생과 후생도 동시에 다시 재배열됩니다.

'지금'이 아닌 '미래'는 없습니다.
지금 이 순간에 내가 그것이 되어야 합니다.

참 무서운 진리네요.
늘 '언젠가는… 나중에…'라는 말 뒤로 미루고 숨었는데
이런 핑계는 더 이상 댈 수가 없습니다.

지금 이 순간에 내가 원하는 그 모습이 됩니다.

원하는 것은 무엇이든 이루세요

나는 정확하게 나 자신을 끌어당깁니다.

> 내가 어디를 비추느냐,
> 나의 빛은 세상 어디까지를 비출 수 있느냐,
> 그 빛의 방향과 밝기의 문제입니다.

새벽에 가로등 하나 없는 깜깜한 숲길을
핸드폰 불빛 하나에 의지해서 오르는데,
내가 빛을 비추는 딱 그곳만을 볼 수 있다는 사실이
당연한데도 새로운 사실처럼 느껴집니다.
이미 숲에는 풀들과 나무, 꽃, 곤충, 동물 등
수많은 다양한 생물들이 존재하는데,
나는 내가 불빛을 비추는 딱 그곳만을 볼 수 있을 뿐입니다.
만일 내가 이 숲의 전체 모습을 알지 못했더라면,
지금 걷고 있는 이 길이
얼마나 막막하고 두렵게 느껴졌을까요.

우리 사는 세상도 이와 마찬가지입니다.
이미 다 존재하고 풍요로운 세상에서

우리의 의식으로 비추어내는
딱 그것만을 보고 느낄 수 있습니다.

똑같은 길을 수십 번 다니면서도
내가 보지 않는 것은 나는 절대 알 수 없으며,
무한한 가능성의 상황에서도
나의 지극히 좁은 시야로만 상황을 해석하고
판단할 수 있을 뿐입니다.

이 세상에는 우리가 필요로 하고 원하는 것이
이미 다 존재하고 있습니다.
다만 중요한 것은
내가 무엇을 비추고 바라보느냐의 문제입니다.
바로 옆에 보물이 있더라도
내가 그것을 비추어 바라보지 않으면
내게는 없는 것과 같습니다.

내 세상에 없는 것을 탓할 것이 아니라,
내가 어디를 비추느냐,
나의 빛은 세상 어디까지를 비출 수 있느냐 ,
그 빛의 방향과 밝기의 문제임을 깨닫습니다.

삶을 해치우듯 살아내는 당신에게

여기저기 기웃거리느라 산만하게 흩어지는 빛을
내가 가고자 하는 방향으로 모으고,
내가 끌어올릴 수 있는 최고의 에너지로 빛을 밝힌다면,
이미 다 이루어져 있는 그곳에서 존재하는 나를
볼 수 있습니다.

모든 것은 내 안에서 나와 나에게로 돌아옵니다.

원하는 것은 무엇이든 이루세요

산 정상에 도달한 순간만이 값진 것이 아니라,
산과 함께 호흡하는 모든 발걸음에
의미가 있습니다.

모든 일에는
각각의 완벽한 때와 조건이 있으며,
모든 존재에도
각각의 존재 이유와 목적이 있습니다.

때와 조건이 되지 않았는데 발아하는 씨앗은 없으며,
설령 어찌어찌 때가 아닌데 싹을 틔운다 해도,
그 싹은 끝내 자라지 못합니다.

우리 삶에서도 그런 순간들이 참 많습니다.

아직 때가 되지 않았음을 알면서도
억지로 어떻게 해서든 그때를 만들려고 하고,

삶을 해치우듯 살아내는 당신에게

기다림이 필요한 시기를 건너뛰고
타인을 포함한 삶의 모든 것들을
내 시기에 맞추어 내 의도대로 조종하기를 원합니다.

남들이 도달한 그곳을 바라보며
나도 얼른 빨리 그곳으로 가기를 재촉하고,
지금 내가 걷고 있는 이 길과 시간들은 무시하고
건너뛰고 싶어 합니다.

하지만 그 기다림의 시간에 모든 것이 완성됩니다.

자기가 발아하여 무엇으로 자라날지
한 치의 의심도 없이 그 정보를 품고 때를 기다리는 씨앗처럼,
내가 바라고 원하는 것이 그대로 이루어지리라는
당연한 앎을 품고 그때를 기다린다면,
나는 내가 상상한 그대로 발현이 되는
나 자신을 볼 수 있을 것입니다.

이 기다림의 시간이 참 좋습니다.
이미 완성된 나를 느끼고 상상하고 기대할 수 있는
이 한 걸음 한 걸음이 참 좋습니다.

산 정상에 오를 때
정상에 도달한 그 순간만이 값진 것이 아니라
산과 함께 호흡하는 모든 발걸음 하나하나가
기쁘고 의미 있듯이,

내 현실의 모든 것이
내 일상의 모든 순간이
곧 나 자신이고 내 삶 자체입니다.

조금 불편하고 낯설더라도
내 안의 상상력을 깨워서
어제와는 다른 하루를 창조합니다.

내게 주어진 지금 이 순간은 완전히 새로운 순간이고,
내가 마주하는 오늘 하루는
한 번도 살아보지 않은 깨끗한 하루입니다.
그럼에도 불구하고 늘 같은 방식으로 생각하고 행동하고,
그 패턴에서 벗어나는 변화와 새로움에 대해
저항하고 두려워하는 마음이 일어나는 이유는 무엇일까요?

아무것도 그려지지 않은 새하얀 도화지가 매일 주어지는데도
어제와 똑같은 그림, 전에 그려봤던 익숙한 그림을
매일 반복해서 그리는 것과 같습니다.
이 얼마나 바보 같고 어리석은지요.

얼마든지 새로운 그림을 그릴 수 있고

원하는 것은 무엇이든 이루세요

그 그림을 그리는 순간순간들을 즐길 수 있는데,
우리는 어제와 같은 그림을 무의식적으로 반복해서 그리면서
재미없다고 따분하다고 투덜투덜 불평합니다.

늘 하던 대로 생각하고
늘 하던 대로 선택하고
늘 하던 대로 행동하는
늘 그리던 대로 그려내던 하루에,
다른 선을 긋고
다른 색깔을 칠하고
다른 이야기를 입히는 일에는,
어느 정도의 불편함과 두려움
그리고 순간순간의 알아차림과 애씀이 들어갑니다.

이 수고로움이 귀찮다는 이유로
평생을 똑같은 그림만을 반복하며
밍숭밍숭하고 단조로운 삶을 그려낼지,
아니면 단 며칠을 살다 가더라도 자기 안의 상상력을 깨워서
그려낼 수 있는 다양한 그림들을 창조하며
삶의 여행을 즐길지는 순전히 자신의 선택입니다.

나는 지금 어떤 선택을 하고 있는지 들여다봅니다.

삶을 헤쳐우듯 살아내는 당신에게

오늘 내가 마주한 이 새하얀 하루를
어떻게 그려넣지 생각해봅니다.

조금 불편하고 낯설더라도 내 안의 상상력을 깨워서
어제와는 다른 새로운 하루를 창조해봅니다.
조금만 깨어서 바라보면
이미 다른 그림 속에 있는 나를 볼 수 있습니다.

원하는 것은 무엇이든 이루세요

나는 나 혼자 힘들게 이 세상에 맞서
싸울 필요가 없습니다.
나의 모든 호흡에 신이 함께하심을 느끼고
그저 신께 믿고 맡길 뿐입니다.

기도의 힘이 느껴지는 아침입니다.
모든 기도는 반드시 응답받기 마련이고
내가 상상할 수 없는 방식으로 일은 이루어집니다.

나의 모든 기도가
허공에 흩어져 사라져버리는 허황된 꿈처럼 여겨질 때쯤,
신은 언제나 내게 기도를 듣고 계신다는 증표를
깜짝 선물처럼 보여주십니다.

가만히 살펴보면,
자세히 들여다보면,
정말이지 마땅히 들어져야 할 기도는
이미 다 이루어지고 있었습니다.

삶을 해치우듯 살아내는 당신에게

내가 내 에고를 부풀리기 위해 간청한
군더더기를 다 걷어내고 나면,
내 삶에 꼭 필요한 기도들은
이미 그대로 다 이루어져 있음을 볼 수 있습니다.

내가 응답받지 못했다고 생각하는
불필요한 쭉정이들을 부여잡고 원망하기보다는,
신은 나를 위해 모든 것을
이미 완벽하게 준비해 놓았음을 믿고 신뢰합니다.

없어져 버렸으면 하는 내 안의 돌멩이조차도
지금의 나를 위한 완벽한 선물이라는 것을 받아들입니다.

내 옹졸한 식견과 짧은 이해로는 도저히 알 수 없는
신의 깊고 커다란 완벽한 계획에 그대로 믿고 맡깁니다.

나는 나 혼자 힘들게
이 세상에 맞서 싸울 필요가 없습니다.

나의 모든 호흡에 신이 함께하심을 느끼고
그저 신께 믿고 맡길 뿐입니다.

원하는 것은 무엇이든 이루세요

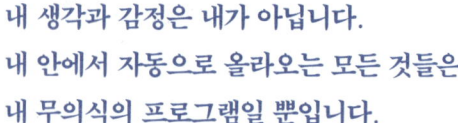

**내 생각과 감정은 내가 아닙니다.
내 안에서 자동으로 올라오는 모든 것들은
내 무의식의 프로그램일 뿐입니다.**

자신이 갇혀 있는 생각과 감정의 틀에서 벗어나려면,
자꾸 의식적으로 깨어서 바라보고
다른 것을 선택하는 연습이 필요합니다.

한곳으로 깊이 골이 난 물의 길을 바꾸려면,
처음에는 불편하고 힘들더라도
자꾸 다른 길의 골을 내는 작업을 해야 하듯이 말입니다.
그 새로 난 길로 아주 가느다란 물줄기라도
지나갈 수 있게 된다면,
새로운 세상으로 갈 수 있는
가능성의 문이 이미 열린 것입니다.

늘 하던 대로 생각하고

삶을 해치우듯 살아내는 당신에게

늘 하던 대로 반응하고
늘 하던 대로 행동하고
이것을 깬다는 것이 얼마나 어려운 일인지,
문득문득 제자리에서 헤매고 있는
나를 발견할 때마다 깨닫습니다.

충분히 멀리 나갔다고 자부했는데,
온 힘을 다해서 다른 길을 뚫고 있다고 생각했는데,
어느 순간, 가장 크고 편한 익숙한 그 길에서
철퍼덕 주저앉아 있는 나를 발견할 때마다
'무의식의 프로그램은 참으로 무섭구나' 새삼 느낍니다.

그럼에도 불구하고 그 자리에서 다시 일어나
다른 길을 선택할 수 있는 알아차림과 공간이
내게 주어졌음도 동시에 느낍니다.

무의식의 프로그램대로 반응하고 행동하는 나를 알아차리고
그 상황에서 떨어져 나와
다른 것을 선택할 수 있는 힘이 우리 안에 있습니다.

생각과 감정은 내가 아닙니다.
내 안에서 자동으로 올라오는 것들은 전부

원하는 것은 무엇이든 이루세요

무의식에 입력된 프로그램일 뿐입니다.

나는 생각과 감정을 바라보고 체험하는 관찰자입니다.

방영되고 있는 드라마가 마음에 들지 않으면
다른 채널로 돌리면 되듯이,
지금 내가 체험하고 있는 이야기가 맘에 들지 않으면
얼마든지 다른 이야기를 선택할 수 있습니다.

매 순간 깨어서 나의 이야기들을 바라봅니다.
지금 내가 지어내고 있는 이 이야기가
내가 체험하기를 원해서 선택한 것인지,
아니면 잠든 채로 무의식의 프로그램에
끌려다니고 있는 건지
바라보고 알아차립니다.

내 삶의 선택권은 온전히 내게 있습니다.

삶을 해치우듯 살아내는 당신에게

온전히 믿고 내맡기지 않으면
나는 내가 속한 세계에서
단 한 발짝도 나아갈 수 없습니다.
'나'라고 생각하는 관념들을 전부 내려놓아도
나는 안전합니다.

자신이 가진 관념을 깬다는 것은
하나의 세계가 깨지고 더 큰 세계를 만나는 것과 같습니다.

알 속에 있던 병아리가
정확히 부화해야 하는 그 시기에
안에서 부리로 알을 깨고 나오는 장면은
볼 때마다 신기하고 경이롭습니다.

병아리는 자기가 있는 알 속의 세상 너머에
또 다른 넓은 세상이 있다는 것을 어떻게 아는 걸까요.
그 알껍질을 부리로 쪼아 깨고 나와야 한다는 것을
아무도 가르쳐주는 이가 없는데,
어떻게 정확한 시기에 알을 깨고 나오는 걸까요.

원하는 것은 무엇이든 이루세요

물론 본능이라고 말해버리면 간단한 일이지만,
우리가 본능이라고 뭉뚱그려버리는 이 모든 기적들에서
나는 이 세상을 움직이는 거대한 힘의
경이로움과 위대함을 느낍니다.

나도 지금 알 속에 있습니다.
내가 살고 있는 이 세계 너머에
더 크고 무한한 세상이 있는데,
나는 내 오감과 관념에 갇힌 세계 안에 있습니다.

나도 병아리처럼 내가 갇힌 이 세계를 깨고
밖으로 나가야 할 그 시기를 정확히 알 수 있을까요?
그때가 되면
망설임 없이, 두려움 없이,
내가 속한 세계를 과감히 깰 수 있을까요?

온전히 믿고 내맡기지 않으면
우린 우리가 속한 세계에서 단 한 발짝도 나아갈 수 없습니다.

내가 '나'라고 생각하는 모든 관념을 내려놓고
맨몸으로 이 세상에 내던져져도
나는 절대적으로 안전합니다.

불안과 공포, 두려움은
생각이 지어낸 이야기일 뿐입니다.
그냥 행하면 됩니다.
치덕치덕 여러 생각들을 달고 힘겨워하지 말고
그냥 내디디면 됩니다.

알껍데기 너머의 세상을 전혀 알지 못하는 병아리가
그저 아무 생각 없이 껍질이 있기에 깼던 것처럼,
우리도 우리 앞에 한계라고 느껴지는 게 나타나면
그냥 쓱 자연스레 넘어가면 됩니다.

이 삶에서 절대 큰일날 일 따위는
아무것도 없습니다.

5장

행복은
바깥이 아니라
내 안에 있습니다

**어떤 것을 소유했을 때 느끼는 만족감과 행복감은
결코 그 숫자에 비례하지 않습니다.
그래서 삶은 절묘하게 공평합니다.**

'봄이 왔나 보다'라는 말이 무색하게
곳곳에서 이미 봄이 깊숙이 들어와 있음을 느낍니다.

겨울에서 봄으로 넘어가는 길목에서는
따뜻한 봄바람 한 줄기가 감동이고,
필 듯 말 듯 봉오리를 단단히 여물고 있는
꽃망울의 그 새초롬함이 예뻐 죽겠고,
어쩌다 홀로 먼저 핀 꽃 한 송이라도 발견하면
보물을 발견한 듯 그리 기쁘더니,

봄이 깊어져 여기저기 봉오리를 활짝 열고
화사하게 핀 꽃들의 무리 앞에서는,
앞서 먼저 핀 한 송이 꽃을 발견했을 때의 감동과

행복은 바깥이 아니라 내 안에 있습니다

그리 큰 차이가 나지 않습니다.
숫자상으로 보자면 곱하기 백을 해도
모자랄 판인데 말이지요.

그래서 삶은 참 절묘하게 공평하다는 생각이 듭니다.

어떤 것을 소유했을 때 느끼는 만족감과 행복감은
결코 그 숫자에 비례하지 않습니다.

배고픈 이에게 뷔페식당이 통째로 다 주어진다고 해서
똑같이 다른 배고픈 이가 먹는 소박한 밥상 하나
그 이상의 행복과 만족감을 느끼기는 힘들고,
수백만 명의 사랑과 관심을 받는
스타가 느끼는 행복의 크기와
사랑하는 단 한 사람의 미소를 바라보는 나의 행복의 크기는
크게 다르지 않습니다.

오히려 지금 필요한 것 이상으로 너무 과하게 주어졌을 때,
우리는 행복과 만족을 느끼는 감각의 예민함이 둔해져
조그마한 것에 감사하고 기뻐하는 능력을
잃어버리게 됩니다.

삶을 해치우듯 살아내는 당신에게

내게 없는 많은 것을 바라기보다는
지금 내가 가진 이 하나에 감사하는 마음을 내어봅니다.

더 높은 곳을 쳐다보며 부러워하기보다는
지금 나의 높이에서 볼 수 있는
세상의 아름다움을 바라봅니다.

행복해지는 데는
그리 많은 것이 필요 없음을 느낍니다.

지금 내 앞의 소중한 단 한 사람,
배고플 때 먹는 소박한 밥 한 끼,
내 손에 착 감기는 볼펜 한 자루,
내 영혼을 행복하게 해 주는 책 한 권,
지친 나의 몸을 보들보들 안아주는 포근한 이불 한 채,
이거면 백만장자가 느끼는 행복의 크기와
별 차이가 없습니다.

신은 어쩜 세상을 이리도 기가 막히게
멋들어지게 만드셨을까요.
보이는 것 너머에 완벽한 조화와 균형이 있고,
혼란과 무질서 속에

행복은 바깥이 아니라 내 안에 있습니다

완전무결한 아름다움이 숨겨져 있습니다.
이 세상이 여기저기 일그러지고 조각난 것처럼 보인다면
그것은 생각이 지어낸 이야기일 뿐입니다.

이 세상은, 지금 이 순간은,
이대로 더하고 뺄 것 하나 없이
완벽하고 온전하고 아름답습니다.

삶을 헤치우듯 살아내는 당신에게

내가 먼저 세상을 향해 웃습니다.
내가 먼저 사람들에게 손을 내밉니다.
그러면 세상이 나를 보고 환하게 웃어주며
내 주위에 사랑과 기쁨이 가득 차오릅니다.

이 세상은 내가 집어넣은 꼭 그대로 나오는 자판기입니다.

내가 세상에 불평과 원망을 집어넣으면
세상은 불평과 원망을 일으킬만한 일들을 나에게 보내주며,
타인에게 미움과 배척을 집어넣으면
타인도 나에게 똑같이 미움과 배척을 보여줍니다.

나는 세상에 불평과 미움을 집어넣으면서
나에게 사랑과 축복이 쏟아지기를 기대하는 건
어리석은 짓입니다.

이 우주는 무섭도록 정확해서
내가 집어넣은 에너지 그대로 나에게 돌려줍니다.

행복은 바깥이 아니라 내 안에 있습니다

이 원리를 알면서도 나는
시시때때로 그 사실을 잊어버립니다.
하나를 주면서 둘 셋이 나에게 돌아오기를 기대하고,
가만히 앉아만 있어도 사랑과 축복이 쏟아지기를 바라며,
철없는 어린아이처럼 아무 행동도 하지 않으면서
모든 것이 해결되기를 원합니다.

사랑받기를 원하면
내가 먼저 사랑을 주면 됩니다.
인정받기를 원하면
내가 먼저 타인을 인정하고 존중하면 됩니다.
나에게 축복과 기적이 일어나기를 바라면
내가 먼저 세상을 축복하고
이미 존재하는 기적에 감사의 마음을 내면 됩니다.

이렇게 쉽고도 간단한 원리를 두고
왜 그리도 그 사실을 망각하고 돌아 돌아가는 걸까요?

내가 먼저 세상을 향해 웃습니다.
내가 먼저 사람들에게 손을 내밉니다.
내가 먼저 나의 사랑과 축복을 보냅니다.
그러면 세상이 나를 보고 환하게 웃어주며

내 주위에 사랑과 기쁨이 가득 차는 것을 느낄 수 있습니다.

이 세상은 정확하게 내 안을 투영해내는 거울입니다.

행복은 바깥이 아니라 내 안에 있습니다

나이를 먹는다는 것은
집착과 욕망을 내려놓게 만드는
신의 축복입니다.

하루를 정리하는 깊은 밤, 잠잠하고 고요합니다.
새벽부터 기나긴 여행을 하고
집으로 돌아와 쉬는 기분입니다.
'삶의 마지막 순간도 이런 기분일까?' 생각해봅니다.

몸의 오감으로 느껴지는 세상에 황홀해하다가,
때로는 그 때문에 생기는
욕심과 집착에 끌려다니며 힘들어도 했다가,
쉼 없이 흐르는 시간의 강물 속에서
미처 건져 올리지 못하고
흘려보낸 것들에 안타까워하기도 하고,
결국 이러나저러나 모든 것을 내려놓고 가야 함에
홀가분해지고 고요한 텅 빈 내가 느껴집니다.

나이가 들면 들수록
많은 것으로부터 자유로워짐을 느낍니다.
특히 타인의 시선으로부터 매우 자유로워집니다.
아들 셋을 둔 아줌마인 나는
타인에게 예뻐 보이고 싶은 나이도 아니며,
타인이 날 어떻게 생각할까 신경 쓰며 살 만큼
그리 한가하지도 않습니다.
하이힐은 안 신은 지 이미 백만 년은 된 듯하고,
화장 안 한 민얼굴로 부스스 돌아다녀도
전혀 불편하지 않습니다.

죽음은 딴 세계 이야기 같고
늙는다는 것도 그저
엄마 아빠들의 일로만 여겨졌던 어린 날에는,
하루하루가 써도 써도 끝이 보일 것 같지 않은
영원히 주어지는 백지수표처럼 느껴졌지만,
지금은 매일이 나에게 주어진 마지막 날인 듯
너무나도 소중합니다.

나의 이 삶에도 끝이 있다는 걸 알 만큼 나이도 먹었거니와,
또한 그 끝이라는 게 나의 다음 호흡이 될 수도 있다는 것을
이미 알기 때문입니다.

행복은 바깥이 아니라 내 안에 있습니다

내가 누구인지 깨닫지 못하고,
내가 왜 사는지 이유를 알지 못한 채,
어느 순간 삶의 끝을 마주하게 될지도 모른다는
조급한 마음에
마감 시간을 앞두고 숙제를 몰아서 하는 학생처럼
하루하루 나 자신에게 집중하기에도
시간이 턱없이 모자랍니다.
나 아닌 그 누구도 대신해줄 수 없는 삶의 과제 앞에서
어리광이나 응석 따위는 통하지 않고,
온전히 스스로의 힘으로 뚫고 지나가야 한다는 사실에
가끔은 막막해지기도 합니다.

하지만 그렇게 오롯이 나 자신과 마주하다 보니
나는 순전히 내 생각이 만들어 낸 환상 속에서 살고 있음을
깨닫습니다.

나를 한계 짓고 규정짓던 것들은
이미 정해져 있던 어떤 것이 아니라
내가 임의대로 그어 놓은 금에 불과한 것입니다.

그 금들은 내가 한 발 내디뎌 쓱쓱 지우면
가볍게 사라질 모래 위의 허상입니다.

그렇게 금들을 하나씩 지워나가다 보니
내 자신이 자유로워지고 확장되는 걸 느낍니다.

그렇게 확장된 나의 세상은
삶에서 일어나는 그 어떠한 일도
포용하고 받아들일 수 있을 만큼
넉넉해지고 여유로워질 것입니다.
오늘의 나보다 내일의 나가 더 기대되는 이유입니다.

나이를 먹는다는 건 자의로든 타의로든
집착과 욕망을 내려놓게 만드는
신이 주신 엄청난 축복입니다.

행복도 결단이고 습관입니다.
기다리지 않고, 변명하지 않고,
그냥 무조건 기쁨을 선택하면 됩니다.

오늘은 정말 좋은 날입니다.

그냥 좋습니다.

이유를 찾기 전에 먼저 기분이 좋아지는 것을 선택합니다.

지금 이 순간, 나는 무조건 행복합니다.

행복도 나의 선택입니다.

상대방이,

상황이,

이 세상이,

나를 기쁘게 해주기를 바라고 기다린다면

그것처럼 바보 같은 짓도 없습니다.

삶을 해치우듯 살아내는 당신에게

나에게 주어진 이 삶도 내 것이고,
삶을 살아내는 것도 나 자신인데,
감나무 밑에서 감 떨어지기를 기다리는 여우처럼
무언가가 내게 일어나기를 바라고만 있다면,
내가 내 삶의 주인일 수가 없습니다.

바라지 말고
기다리지 말고
내가 선택하고 행동하면 됩니다.
지금 이 순간에 행복해지기를 선택하고
내가 원하는 일들을 하면 됩니다.

상대방이 나를 욕하든 말든 그건 그 사람 일이고,
나는 그 순간에 평화와 사랑을 선택할 수 있습니다.

상황이 아무리 힘들고 불편해 보일지라도
그 상황에 대한 판단과 분별을 일으키지 않고,
그 순간 내가 할 수 있는 일만 해내면 됩니다.

내가 행복해지기로 결정했을 때
그 어떠한 상황이나 타인도 문제가 되지 않습니다.
내가 내 삶의 주인이 되기를 선택할 수 있습니다.

행복은 바깥이 아니라 내 안에 있습니다

무조건 남의 탓으로 돌려버리는 어린아이에서 벗어나서
삶을 온전히 책임지고 받아들이며,
내가 이 모든 것을 창조했음을 인정하게 되면,
삶의 모든 힘이 나에게 있음을 알게 됩니다.

기다리지 않고, 미루지 않고, 이유 대지 않고,
변명이나 핑계 따위 하지 않고,
그냥 무조건 이 순간 기쁨을 선택합니다.

행복해지는 것도
결단이고 습관이라 연습이 필요합니다.

타인을 감동시키기 위해서는
먼저 나를 감동시켜야 합니다.
나 자신을 속이고
내가 원하는 '그것'이 될 수는 없습니다.

보슬보슬 사르르 달콤한 디저트 위에 설탕을 뿌리듯,
그렇게 비가 감질나게 내리네요.
촉촉한 비의 기운을 한가득 품은 숲의 진한 향기는
정말 감동입니다.

내가 뭘 해준 것도 없는데
자연은 이리도 매번 나를 감동시키고 행복하게 해줍니다.
대가를 바라지도 않고 무엇을 해준다는 생색도 없이,
늘 그 자리에서 변함없는 표정으로
자기가 줄 수 있는 최대한의 사랑을 내어주는 자연은,
언제나 내게 큰 울림을 줍니다.

사람은 감동을 먹고 살아야 진정한 행복을 느낄 수 있습니다.

행복은 바깥이 아니라 내 안에 있습니다

아무리 돈이 많아 값비싸고 번쩍이는 것으로
삶을 가득 채운다 해도
감동이 없는 삶은 공허와 무의미로 곳곳이 붕괴될 것이고,
아무리 지식이 많아 세상 이야기들로
머릿속을 꽉꽉 채운다 해도 그 안에 사랑이 없으면
버스럭거리는 향기 없는 조화로만 가득한
정원이 될 것입니다.

나를 감동시키고,
타인을 감동시키는 삶을 살기를 소원합니다.
타인을 감동시키기 위해서는
먼저 나 자신을 감동시켜야 합니다.
내가 갖는 생각과 행위의 가장 첫 번째 관찰자는
다름 아닌 바로 나이기 때문입니다.

내가 어떤 생각을 품었을 때
가장 먼저 그 생각을 알아차리는 것도 나이고,
내가 어떤 행동을 했을 때
그 행동의 첫 번째 관객도 나입니다.
내가 어떤 사람이 되고자 할 때
가장 먼저 나를 설득할 수 있어야 하고,
내가 어떤 행위를 할 때

삶을 헤치우듯 살아내는 당신에게

그 행위 이면의 숨은 의도와 진정성을
나에게 먼저 인정받아야 합니다.

내가 성공하고 싶으면 성공할 만한 자질을 키우고 있음을
나 자신에게 먼저 확신시켜 설득해야 하고,
사랑이 많고 타인을 감동시키는 사람이 되고 싶으면
제일 먼저 나 자신을 사랑하고 감동시킬 수 있어야 합니다.

내가 내보내는 모든 생각, 감정, 행동은
가장 먼저 나를 거쳐서 밖으로 나가
다시 나에게로 돌아오기 때문입니다.

이 세상은 정확히 내 마음의 반영이라,
스스로 자신에 대해 갖은 이미지가
내가 만나는 타인에 고스란히 투영되어
나에게 비추어집니다.

나 자신을 속이고 '내가 원하는 그것'이 될 수는 없습니다.

우주는 나의 숨은 의도까지 정확히 알아채서
그대로 나에게 보여주기 때문입니다.
이 세상은 무서우리만치 정확하고 투명한,

나를 비추는 거울입니다.

> 삶의 진정한 기쁨은 아주 단순한 데 있습니다.
> 내 손안의 '이것 하나'가
> 나에게는 가장 가치 있고 소중합니다.

오랜만에 집안 대청소를 합니다.
더 이상 안 읽을 것 같은 책들은 전부 들어내고,
꼭 소장하고 싶은 책들로만 책장을 채웁니다.
여기저기 꼭꼭 숨겨둔 잡다한 잡동사니들도
눈 찔끔 감고 다 버렸습니다.

이 비우는 즐거움이라니,
아니 비우는 게 아니라,
나에게 꼭 필요하고 중요한 것들로만 명품 진열하듯
하나하나 우아하고 고급스럽게 내 삶을 채우는 기분입니다.

주변이 정리되면 정리될수록
생각과 감정도 정리가 되어가는 걸 느낍니다.

행복은 바깥이 아니라 내 안에 있습니다

나의 에너지를 빼앗는 산만한 일들도 자연스레 정리되고,
정말 내게 중요한 게 무엇인지 확실해지면서
행동도 훨씬 더 간결하고 단호해집니다.
한마디로 걸리적거리는 게 없습니다.

이것은 이래서 어렵고,
저것은 저래서 힘들고,
이런 변명들에 에너지를 빼앗기지 않고 그저 할 뿐입니다.
이 간결함의 편안함과 여유로움,
고요한 정갈함이 참으로 좋습니다.

이것저것 많이 가진 이들이 하나 부럽지 않고,
이런저런 인맥을 자랑하는 이들이
그다지 멋져 보이지 않습니다.
지금 내가 가진 '이것 하나'가 나에게는 더 값어치 있고,
눈앞의 소중한 '내 한 사람'이
다른 이들의 번쩍이는 백 명, 천 명보다
훨씬 더 귀하고 반짝입니다.

비우기를 하면서 이미 나는
너무나도 많은 것을 가지고 있었음을 확인합니다.
그리고 그 넘쳐나는 홍수 속에서

삶을 해치우듯 살아내는 당신에게

오히려 '소중함'이라는 감정을 느낄 기회를
빼앗겼음도 깨닫습니다.
음식으로 넘쳐나는 뷔페에서
내 접시 안의 음식의 소중함과 맛을 온전히 못 느끼고
이것저것 다른 음식을 기웃거리듯이,
그렇게 이거 아니어도 저것이 있다는 풍요는
오히려 그 순간의 그것을
온전히 바라보고 느낄 기회를 빼앗습니다.

나에게 꼭 필요한 것들로만
내 일상을 채우고 살아갈 수 있는 삶을 소망합니다.

군더더기 하나 없고,
내 안을 어지럽히는 불필요한 쭉정이들이 없다면,
흙탕물 하나 없는 맑고 고요한 샘물을 들여다보듯
그렇게 내 자신을 투명하게 잘 들여다볼 수 있을 텐데요.

진정한 기쁨은 정말로 아주 단순한 데 있음을 알게 됩니다.
지금 이 순간에 내가 가진 모든 것에 감사합니다.

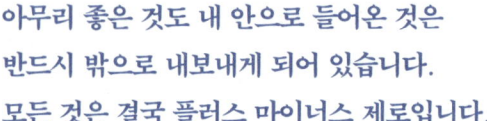

**아무리 좋은 것도 내 안으로 들어온 것은
반드시 밖으로 내보내게 되어 있습니다.
모든 것은 결국 플러스 마이너스 제로입니다.**

겨울밤의 시린 공기가 코를 타고 안으로 들어와
목에서 온몸으로 퍼져나가는 그 느낌이 참 좋습니다.
온몸으로 공기를 힘껏 들이마시고
한참을 내 안에 가두어 두었다,
다시 조용히 내보냅니다.

아무리 좋다 하더라도 내 안으로 들어온 것은
반드시 밖으로 내보내게 되어 있는 게
우주의 이치임을 깨닫습니다.
호흡을 통하여 비우고 내려놓음에 대하여 생각해 봅니다.

모든 것은 에너지라서 한곳에 가두어 둘 수가 없습니다.
돈도 에너지요,

삶을 해치우듯 살아내는 당신에게

사람들의 칭찬과 인정도 에너지요,
나 자신을 포함한 이 세상 자체가 에너지입니다.

돈이 돌지 않고 한 곳에 정체되어 있으면
반드시 우주는 그 돈을 내보내 세상으로 흐르게 만들고,
타인에게 받은 인정과 사랑도
내려놓지 못하고 집착하게 되면
우주는 번뇌와 고통으로 그 에너지를 상쇄시킵니다.

결국은 플러스 마이너스 제로입니다.

비워내고 내려놓지 않으면, 우주는 어떻게든
그 여분의 에너지만큼의 반대 에너지를 가해서
평형을 유지합니다.
우주는 오직 에너지의 균형만을 맞추기 때문입니다.

그래서 앞서간 현인들은 그리도 중용을 강조하셨나 봅니다.
삶을 사는 데 가장 중요한 건 무엇일까 생각해 봅니다.

결국은 내 안의 평온과 고요임을,
지금 이 순간에 오롯이 나의 존재를 느끼고 기뻐하는 것임을,
그리고 다음 순간에는

행복은 바깥이 아니라 내 안에 있습니다

모든 것을 내려놓고 텅 빈 상태가 되는 것임을
확인하게 되네요.

매 순간 호흡을 통해 비우고 내려놓는 삶의 진리를 배웁니다.
삶은 이대로가 진리임을 알 수 있습니다.

> 오늘도 신나는 바위 굴리기 놀이를 합니다.
> 남들의 바위 굴리는 속도와 방식은
> 신경 쓰지 않고, 오직 나의 궤도를 따라,
> 나만의 속도와 방식으로, 나만의 바위를 굴립니다.

유난히 몸도 마음도 무거운 날이 있습니다.
감기 기운이 오래가서인지 몸도 천근만근 무겁고,
마음마저 덩달아 같이 땅 아래로 가라앉았습니다.

'오늘은 그냥 계속 누워 있자'라고
머릿속의 속삭임이 내 몸을 자꾸 아래로 끌어당기지만,
머리는 계속 재잘거리게 놔두고
몸은 늘 하던 대로 움직입니다.
일어나서 씻고, 옷을 입고, 보온병에 따뜻한 물을 챙깁니다.
신발까지 챙겨 신고 현관문을 나서면,
그 순간 머릿속 저항의 속삭임은
슬며시 꼬리를 감추며 사라집니다.

행복은 바깥이 아니라 내 안에 있습니다

그다음엔 내 두 발이 알아서 제 할 일을 합니다.
이 한 발 다음에 다음 발을 어디에 어떤 식으로 디뎌야
몸이 쓰러지지 않고 균형을 잡을 수 있는지,
내가 의식하거나 신경 쓸 필요 전혀 없이
내 발이 알아서 모든 동작을 척척 능숙하게 해나갑니다.

걷는 와중에도 내 머리는 심심한지
이런저런 이야기들을 가져와서 나에게 말을 겁니다.
그 이야기들에 휩쓸려 맞장구도 치다가
어느 순간 내가 지금 뭐 하고 있지 정신이 들면,
다시 호흡으로 돌아와 나를 바라봅니다.

나는 앞으로 나아간다고 부지런히 가는데,
내가 있던 자리에서 한 치도 벗어나지 못한 채
계속 맴돌고만 있다는 생각이 들 때가 있습니다.

시지프스 신화에 나오는 시지프가 된 기분입니다.

나를 뛰어넘지 못하고
계속해서 어느 경계에서 왔다 갔다 하는 내가
답답하게 느껴집니다.
그럴 때는 나의 이런 에너지 상태에서 벗어나려고

애쓰지 않고,

그런 나를 그대로 바라보고 인정합니다.

그렇게 산에서 앉아 있다가 내려오는데,

평소 자주 뵙던 아흔을 훌쩍 넘긴 어르신을 보니

저분은 아침에 일어나면 무슨 생각이 드실까 궁금해집니다.

곁에 있는 친구보다 저세상으로 먼저 떠난 지인들이 더 많고,

살아 있어도 늘 죽음과 가까이 지낼 수밖에 없는

저 나이가 되면

하루하루를 맞이하는 그 마음이 어떨까요?

오늘 하루도 이렇게 살아 있음에 감사하게 될까요?

아니면, 죽음과 하루 더 가까워졌음에

마음 한구석이 서늘해질까요.

그 어르신의 미소에서

나는 그 연세에도 삶을 충분히 즐기고 계심을

알 수가 있었습니다.

저분이라면 아마 그동안 살아왔던 세월에 감사하고,

본인에게 얼마 남지 않은 하루하루를 소중히 여기며

매 순간 감사하며 누리실 거라는 확신이 드네요.

시지프와는 달리 인간에게는 제한된 시간이 있으며

행복은 바깥이 아니라 내 안에 있습니다

그 시간이 얼마나 남았는지는 아무도 알 수가 없습니다.
그래서 바위 굴리기가 형벌이 아니라 놀이가 될 수 있는 거고,
정 그 놀이도 하기 싫으면 바위를 내려놓으면 됩니다.

내가 내려놓지 못하는 그 무거운 바위가
무엇인지 생각해봅니다.
아직은 감당할 만하니까 투덜대면서도 들고 있는 거겠죠.

오늘도 신나는 바위 굴리기 놀이를 합니다.
남들이 바위를 굴리는 속도와 방식은 신경 쓰지 않고,
오직 나의 궤도를 따라 나만의 속도와 방식으로,
나만의 바위를 굴립니다.

삶은 신나는 놀이터임이 맞네요.
해가 지면 모든 놀이를 내려놓고
따뜻한 나의 집으로 돌아가 쉴 수 있는,
삶은 신나는 놀이터입니다.

삶을 헤치우듯 살아내는 당신에게

오늘 하루가 내 마지막 날인 것처럼,
지금 내 앞의 사람이
내게 보내진 유일한 사람인 것처럼,
온 마음을 다합니다.

사람 마음이라는 게 참 간사하고 어리석은지라,
나에게 많다고 착각을 하면
방탕해지고, 게을러지고, 무례해집니다.
하지만 지금 내 손 안의 이것이 내가 가진 유일한 것이라면,
우린 어떻게 해서든
그 안에서 최고의 가치를 이끌어낼 것입니다.

내 앞의 이 음식이 내가 먹을 수 있는 마지막 음식이라면
그 맛을 온몸의 세포로 음미할 것이고,
오늘 하루가 나에게 주어진 마지막 하루라면
1분 1초도 허투루 버리지 않고
매 순간을 온전히 깨어서 느낄 것이고,
이 만남이 이 사람과 지낼 수 있는 마지막 시간이라면

행복은 바깥이 아니라 내 안에 있습니다

나는 그 사람에게 나의 온 정성을 다할 것입니다.

하지만 우리는 주어진 삶의 모든 것이 너무나 당연해
그 본모습을 제대로 음미하고 느끼지 못하고,
대충 게걸스럽게 모든 순간들을 지나쳐버립니다.

나도 언젠가는 죽을 거라는 걸 알면서도
그 '언젠가'가 나에게는 영원히 오지 않을 것처럼 착각하는
나의 이 마음은 도대체 무슨 배짱일까요?
내가 누리는 이 모든 것들이 당연하다는 이 거만함은
도대체 어디서 나오는 것일까요?

지금 이 순간은
나에게 주어진 유일한 순간입니다.
지금 내 앞의 풍경은
다시는 보지 못할 내 인생의 단 하나의 장면입니다.
지금 내 앞의 사람은
이 순간의 나를 위해 보내진 최고의 사람입니다.

삶의 매 순간은 나의 처음이자 마지막인 것입니다.

오늘 하루가 내 마지막 날인 것처럼,

삶을 해치우듯 살아내는 당신에게

지금 내 앞의 사람이 내게 보내진 유일한 사람인 것처럼,
삶의 모든 순간을 온전히 깨어서
온 마음을 다합니다.

지금 당장 행복해질 수 없다면,
이 지구를 통째로 얻는다 하여도
결코 행복해질 수 없습니다.

나는 오늘도 행복을 선택합니다.
무조건 행복해지기를 선택합니다.
그 어떤 상황도 내가 행복하지 않을 이유가 될 수 없습니다.

누가 나에게 욕을 하고 인상을 찡그린다 하여도
나는 조용히 미소 한 번 지어주고 행복을 선택할 겁니다.
일어난 상황은 일어난 상황일 뿐이고,
그 일에 상관없이
나는 얼마든지 감사를 선택하고 행복을 느낄 수 있습니다.

'돈을 많이 벌면 행복할 거야.'
'더 날씬하고 예뻐지면 행복해질 거야.'
'이 시험에 통과하면 행복해질 거야.'

'그 사람이 나에게 이렇게 해주면 행복할 거야.'
'그것을 가지게 된다면 행복해질 거야.'

'~하면 행복할 거야.'
이 명제는 참이 될 수 없습니다.
이 말들은 영원히 이루어질 수가 없습니다.

'행복해질 거야.' 앞의 문장이 이루어진다 해도
일시적인 만족감과 기쁨은 있을지 모르지만,
또다시 '행복해질 거야.' 앞에 다른 조건을 가져다 붙여
불만과 결핍 속에 갇힌 자신을 발견하게 될 겁니다.

'~하면 행복해질 거야.' 앞의 조건은
지금 이 순간, 행복을 느끼지 못하는 나 자신에 대한
변명이자 도피처입니다.
아무 조건 붙이지 않고, 아무런 이유 없이,
지금 이 순간에 행복해질 수 있어야
진정으로 행복할 수 있습니다.

지금 당장 행복해질 수 없다면,
단언컨대 이 지구를 통째로 얻는다 하여도
결코 행복해질 수 없습니다.

행복은 바깥이 아니라 내 안에 있습니다

내가 지금 행복하지 않는 이유는
내 바깥에 '그것'이 없어서가 아니라
내 안에 '행복'이 없기 때문입니다.

행복은 무엇을 가지고 이루어서 얻어지는 것이 아니라
지금 이 순간의 나의 존재 상태입니다.
내 안에 삶에 대한 감사와 사랑으로 가득 차 있으면,
지구 어디의 사막 오지에 있어도
나는 행복을 느낄 수 있습니다.

나는 지금 이 순간
무조건 행복해지는 것을 선택합니다.
이미 온 지구가 내 것인데
내가 행복하지 않을 이유가 뭐가 있을까요.
지구의 햇살과 바람과 하늘과 꽃과 나무,
이 모든 것을 온전히 누리고 즐기는 나는
지구에서 가장 행복한 사람입니다.

이 세상은 내가 누리고 즐기는 딱 그만큼이 나의 것입니다.

삶을 헤치우듯 살아내는 당신에게

내 모습이 맘에 들지 않는다고
거울을 깨버릴 수는 있겠지만,
맘에 들지 않는 내 모습까지 깨지지는 않습니다.

지인에게 결혼 축하 선물과 함께
동봉한 편지에 이렇게 적었습니다.
상대가 나에게 무엇을 해줄지를 기대하기보다는,
내가 그 사람에게 무엇을 해줄 수 있는지를 먼저 생각하라고.

가만히 있어도 날 사랑해주고,
말하지 않아도 내가 원하는 걸 알아서 해주고,
내가 상대에게 주는 것보다
상대방이 나에게 더 많이 주길 원하는 것.

이런 바람이야 모두가 원하는 마음일 테지만,
부모 품을 떠나 한 사람의 성인으로 성장해야 하는
남녀 간의 관계에서는 있기도 힘들고,

설령 있다 해도 한 개인으로서는 성숙하는 데
전혀 도움이 되지 않습니다.

상대에게 기대하는 순간,
고통이 시작되고 관계는 삐거덕거립니다.
내가 주는 것보다
상대방에게 더 많은 것을 얻어내려는 이기심이
자신을 불행하게 만듭니다.

배우자는 불완전한 나를 구원해줄 구원자가 아닙니다.
배우자는 울퉁불퉁한 자기 모습을 비춰보고,
스스로 모난 부분을 채우라고
신이 보내준 거울과도 같습니다.
우리는 배우자라는 거울을 통해 혼자서는 절대 볼 수 없는
자신의 모습을 비춰 볼 수가 있는 겁니다.

내 모습이 마음에 들지 않는다고
거울을 깨버릴 수는 있겠지만,
맘에 들지 않는 내 모습까지 깨지지는 않습니다.
맘에 들지 않는 내 모습을 없앨 수 있는 유일한 방법은
먼저 인정하고 사랑하는 것입니다.

상대방의 모습이 어떻든 간에

우선은 판단하지 말고, 비판하지 말고,

 그 모습 그대로를 바라보고 인정합니다.

내 생각의 잣대로 판단 분별해서

그 사람을 꼬집고 비난하고 싶은

그런 내 마음에 휩쓸리지 말고,

먼저 입을 닫고 조용히 내 안을 들여다봐야 합니다.

나에게 일어나는 타인에 대한 생각과 감정은

온전히 내 마음 안에서 일어나는

나 자신의 투영이기 때문입니다.

내가 보는 타인의 모습은

결코 진실이 아니라 내가 지어낸 이야기일 뿐입니다.

내게 비친 상대방의 어떤 모습이 맘에 걸린다면,

그것은 내 안의 그 모습을 비춰보고 있는 것입니다.

우리는 우리 안에 없는 것은

결코 볼 수도 느낄 수도 없기 때문입니다.

내가 보고 느끼는 상대방의 모습이 곧 나임을 인정하면,

타인을 나와 분리해서

비난하고 탓하고 싶어 하는 마음 대신에

행복은 바깥이 아니라 내 안에 있습니다

타인에 대한 연민과 수용의 마음이 일어납니다.

모든 것의 해답은 결국은 사랑입니다.

내가 먼저 사랑해버리고,
내가 먼저 수용해버리고,
내가 먼저 감사해버리면,
이 세상에 문제가 될 건 하나도 없습니다.

> 내 안에 없는 것은 지구,
> 아니 우주 끝까지 가더라도 결코 볼 수도,
> 알아차릴 수도 없습니다.
> 내가 보는 모든 것은 오로지
> 나를 통해서 내 안에서 나오기 때문입니다.

'밋밋하고 고요하고 별것 아닌 이 일상들이
결국은 전부구나'라는 생각이 듭니다.
엄청나게 신나고 재밌고 나를 흥분시키는 그 무언가를
우리는 늘 기대하고 찾아 헤매지만,
결국은 이 자리임을 깨닫습니다.

늘 '여기'가 아닌 '저 자리'가 탐이 나고,
내가 가진 '이것'이 아닌 '저것'을 원하지만,
막상 '저 자리'로 가 '저것'을 가지게 되면,
그땐 또 알게 됩니다.

나는 내가 본래 있던 그 자리에서
한 치도 벗어나지 못했음을요.

행복은 바깥이 아니라 내 안에 있습니다

그리고 내가 별것이라 생각했던 그것은
별것이 아님을 알게 됩니다.

내가 있는 이 자리가 전부고
내게 있는 이것이 내가 가질 수 있는 최고의 별것임을
우리는 항상 망각합니다.
아니, 그 사실을 인정하고 싶어 하지 않습니다.
내 안이 아닌 바깥에 내가 모르는 무언가 더 있을 것 같고
나를 반짝반짝 빛나게 해줄 그 누군가를 기다립니다.

내 안에 없는 것은
지구, 아니 우주 끝까지 가더라도
결코 볼 수도, 알아차릴 수도 없습니다.

내가 스스로 나를 바라보지 않으면
그 누구도 나를 볼 수 없습니다.
내가 보는 모든 것은
오로지 나를 통해서 내 안에서 나오기 때문입니다.

삶을 해치우듯 살아내는 당신에게

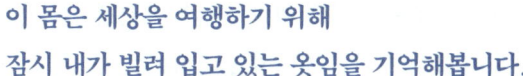

**이 몸은 세상을 여행하기 위해
잠시 내가 빌려 입고 있는 옷임을 기억해봅니다.**

시간은 절대적인 것이 아닌
오직 나만이 느낄 수 있는 주관적인 것이고
실제로는 존재하지 않는 환상이라는 것을 알지만,
대부분을 오감에 갇혀 사는 나는
시간의 흐름이 문득문득 무섭게 느껴집니다.
이렇게 여기에서 한 발짝도 나아가지 못한 채
쳇바퀴만 계속 돌리다가,
금세 죽음의 순간과 맞닿게 되지는 않을까 하는
원초적인 두려움에 직면할 때가 있습니다.

가만히 들여다보면 인간이 하는 모든 행동의 근본적 동기는
늙고 병들고 죽는 것에 대한
두려움에 근거해 있음을 알 수 있습니다.

행복은 바깥이 아니라 내 안에 있습니다

육신의 쇠퇴와 소멸에 대한 두려움 때문에
변하지 않는 영원한 것이라 생각하는
금이나 보석, 돈 등의 물질에 집착하고,
'나'라는 아상(我相)을 어떻게든 돋보이고 힘 있게 만들어줄
권력이나 인기, 지식 등을 추구합니다.

언젠가는 늙고 병들고 사라질 육신에 대한 대체물로
자기를 지켜줄 수 있을 거라고 착각하면서,
인간들은 끊임없이 손에 잡을 수 있는 것,
근사해 보이는 것을 좇기에 바쁩니다.

하지만 동시에 내 바깥의 그 어떤 것도
나를 대신해줄 수 없음을 이미 알고 있기에,
이 세속적인 장난감들을 좇으면서도
끊임없는 공허함을 느낍니다.
이 공허함을 채워줄 유일한 것은
받아들임이라는 것 또한 우리는 이미 알고 있습니다.

저항이 아닌 수용의 자세로,
부정이 아닌 긍정의 마음으로,
생겨나고 늙고 병들고 죽는 것에 대한
지극히 그저 그러할 거라는 당연함으로,

모든 것을 있는 그대로 받아들이는 것입니다.

늙음은 추하다는 인식,
병든다는 것은 끔찍하다는 두려움,
죽음이라는 것은 엄청난 비극이라는 공포,
모두 인간이 만들어 낸 관념이 아닐까요?

늙는다는 것은 그저 자연스러운 일일 뿐이고
병들고 죽는 것은 축복일 수 있습니다.

태어날 때 부여받은 몸을 한평생 잘 쓰고
그 낡은 육체를 벗는다는 것은,
하루 내내 여기저기 돌아다니느라
더러워지고 해진 옷을 벗는 것과 다를 바가 없습니다.

그런데도 우리가 이 더러워지고 해진 옷을 벗는 것을
극도로 두려워하는 이유는
이 옷과 나를 동일시하기 때문입니다.

이 몸은 내가 아닙니다.
절대 내가 될 수가 없습니다.
우리는 이렇게 늙고 쇠퇴해서 급기야는 소멸하고 마는,

나약하고 제한적인 몸이 아닙니다.
이 몸은 세상을 여행하기 위해
잠시 내가 빌려 입고 있는 옷임을 기억해봅니다.

옷이 더러워진다고 해서 내가 더러워지는 것이 아니고,
옷이 찢어지고 해졌다고 해서 내가 상처입고 훼손되는 것이
절대 아닙니다.

나는 내 옷과 상관없이
그대로 온전하고 아름다운 존재입니다.

삶을 해치우듯 살아내는 당신에게

행복은 무엇을 가지고 이루는 데서
오는 것이 아니라, 세상을 바라보고 느끼는
내 마음가짐의 상태입니다.
모든 것은 내 마음 안에서 이루어지기
때문입니다.

막둥이와 함께 동화책을 읽었습니다.
늘 다른 동물들에게 무섭게 보이고 싶어 하던 토끼가,
토끼 요정에게 뿔을 달라 청해서 머리에 큰 뿔을 달았습니다.
그런데 뿔 때문에 코요테에게 쫓기면서도
빨리 도망가지 못하자,
토끼는 토끼 요정에게 제발 뿔을 없애달라고
다시 부탁해서 본래의 모습으로 돌아왔다는 내용이었습니다.
그러고는 가장 평범한 것이
가장 행복한 것이라는 결론을 맺고 끝내더군요.

남들이 가진 것이 정말 탐이 날 때가 있습니다.
지금의 내 모습이나 환경을 부정하고
다른 나와 다른 내 주변을 원하기도 합니다.

행복은 바깥이 아니라 내 안에 있습니다

하지만 조금만 자세히 들여다보면
내 삶의 모든 것은 철저하게 나를 위해
완벽하게 준비된 조건이라는 것을 알 수 있습니다.

이 세상은 내가 담아낼 수 있을 딱 그만큼만 내게 채워지고,
나를 위한 최상의 방향과 조건으로
이미 설정되어 있기 때문입니다.

내가 보기에 남이 가진 멋진 장식품이 아무리 탐이 난다 해도
그것이 나에게는 독이 될 수 있는 것이고,
이것만 이루어지면 행복해질 것 같고
더 이상 바랄 게 없을 것 같은 것도,
막상 이루어지면 그전의 나와
별 차이가 없음을 깨닫게 됩니다.

모든 것은 내 마음 안에서 이루어지기 때문입니다.

지금, 나의 이 모습 이대로 당장 행복해질 수 없다면
우리는 그 무엇을 가진다 해도 결코 행복해질 수 없습니다.
행복은 무엇을 가지고 이루는 데서 오는 것이 아니라
세상을 바라보고 느끼는
내 마음가짐의 상태이기 때문입니다.

삶을 해치우듯 살아내는 당신에게

내게 주어진 모든 것에 감사의 마음을 내어봅니다.

숨쉴 수 있는 공기,

자유자재로 움직일 수 있는 몸,

먹을 수 있는 음식,

그리고 내가 사랑하는 사람들.

행복해지는 데는 그리 거창한 것이 필요하지 않습니다.

지금 내게 있는 딱 이만큼만이

내가 행복해질 수 있는 최상의 조건입니다.

행복은 바깥이 아니라 내 안에 있습니다

껍질이 깨지는 고통과 인내의 시간이 있어야만
더욱더 깊어지고 성숙해진 나를
만날 수 있습니다.

내 안의 껍질이 하나 깨지고,
그 안에서 더 많은 것을 품어 안고 수용할 수 있는
말랑말랑한 내가 느껴집니다.

하나의 껍질을 깨기 위해서는
껍질의 두께만큼의 몸부림과 고통이 따릅니다.
그 고통스러운 몸부림 뒤에 나온 세상은
늘 앞에 두고도 보지 못하고 느끼지 못했던
삶의 보물들을 내게 보여줍니다.

나는 이 단단한 껍질이 나를 보호해주고
지탱해준다고 믿고 있었나 봅니다.
이 껍질로 나를 돋보이게 포장하고,

그 누구도 나를 침범하지 못하게,
난 이 껍질을 참으로 오랫동안 애써서 지켜왔습니다.
하지만 껍질을 두껍고 단단하게 만들려고 하면 할수록
그 안에 갇혀서 더욱더 경직되고, 옹졸해지고,
편협해지는 나를 느끼게 됩니다.

그 껍질 안의 세상 속에서
나는 나의 지극히 제한된 시각과 생각으로
혼자 무수히 많은 이야기들을 지어냈다가
부수기를 반복합니다.

껍질에서 나오면 알게 됩니다.
내가 그동안 얼마나 어리석었는지,
내가 그동안 얼마나 혼자서 웃긴 원맨쇼를 하고 있었는지,
내가 그동안 얼마나 많은 삶의 보물들을 놓치고 있었는지.

그동안의 관성대로 나는 다시
나의 또 다른 껍질을 만들지도 모릅니다.
이제는 더 교묘하게, 내가 알아차리지 못하게,
더 우아한 이름을 달고 나의 껍질들을 만들어내겠지요.

그래도 좋습니다.

행복은 바깥이 아니라 내 안에 있습니다

어차피 껍질은 깨지기 마련이고
그 모든 과정이 나의 삶이기 때문입니다.

껍질을 만들었다가 부수고
다시 껍질을 만들었다가 부수고
껍질이 깨지는 고통과 인내의 시간이 있어야만
더욱더 깊어지고 성숙해진 나를 만날 수 있기에
그저 감사할 뿐입니다.

결국은 세상이 날 어떻게 대하고
상대방이 날 어떻게 생각하느냐의 문제가 아니라,
내가 세상과 타인을
어떻게 바라보고 대하느냐의 문제입니다.

모든 것은 철저하게 내 문제임을 깨닫습니다.

아무리 억울해도,
아무리 불합리하게 느껴져도,
아무리 내 생각이 맞고 상대방이 문제인 듯 여겨져도,
결국은 다 내 문제입니다.

내 눈에 비친 그 어떤 것도
나를 통해 나오지 않는 것은 없고,
내 안에 없는 것을
나는 결코 인식할 수 없기 때문입니다.

타인에게서 느껴지는 결핍이나 불만은

행복은 바깥이 아니라 내 안에 있습니다

정확하게 내 안의 반영이고,

내가 타인을 대한 태도 그대로 고스란히 내게로 돌아옵니다.

이 세상에 내가 함부로 대해도 되는 것은 없습니다.

길가의 풀 한 포기, 돌멩이 하나조차

나에겐 그들을 함부로 할 권리가 없습니다.

이 세상의 모든 것은 존중받기를 원합니다.

이 세상의 모든 것은 인정받기를 원합니다.

이 세상의 모든 것은 사랑받기를 원합니다.

이 세상의 모든 것은

그 자체로 이미 사랑받고 존중받고 인정받기에 충분합니다.

결국은 세상이 날 어떻게 대하고

상대방이 날 어떻게 생각하느냐의 문제가 아니라,

내가 세상과 타인을

어떻게 바라보고 대하느냐의 문제입니다.

이 세상은 정확히

내가 내보낸 대로 비추어주는 거울이기 때문입니다.

삶을 해치우듯 살아내는 당신에게

6장

우리 삶은
기적의 연속입니다

모든 기적은 너무나 당연하고
자연스러운 데 있습니다.
우리가 애써 믿고 노력하는 것은
이미 우리 안에 없음을 전제하므로
기적이 될 수 없습니다.

바스락바스락 이름 모를 새들 몇 마리가
내 옆에서 한가로이 놀고 있습니다.
이 나뭇가지에서 저 나뭇가지로 자유자재로 옮겨 다니며
땅 위를 거니는 모습이 참으로 평화롭고 여유로워 보입니다.

자기보다 훨씬 가늘고 약한 나뭇가지에
사뿐히 앉아 편안하게 노는 모습을 보며,
'저 새는 자기가 날 수 있다는 것을 알까'
문득 그런 생각이 듭니다.
새는 나뭇가지를 믿는 게 아니라
자신의 날개를 믿는다는 말이 있지만,
아마 저 새는 자기에게 날개가 있다는 것조차
의식하지 못할 정도로

우리 삶은 기적의 연속입니다

난다는 게 너무나 당연한 일일 겁니다.

끊임없는 호흡과 심장박동으로
몸속 모든 세포에 산소를 보내고,
들어온 물질을 해독해 밖으로 내보내며,
눈을 깜박이고 몸의 균형을 잡아 걷고 뛰게 하는,
이렇게 우리를 살아 있게 만드는 몸의 기적같은 일들을
우리는 너무나 당연하게 여겨
평소에는 자각조차 하지 못합니다.

새들이 하늘을 나는 게 너무나 자연스러워
날개가 있고 날 수 있다는 걸
스스로 인식한다는 것 자체가 우스운 일이듯이,
물속에 사는 물고기가 자신들이 물속에 있음을 알지 못하고
물이라는 존재 자체를 의식하지 못하듯이,
원래부터 그러해 우리가 기적이라고 인식하지 못하는 게
얼마나 많을까요?

모든 기적은 너무나 당연하고 자연스러운 데 있습니다.
우리가 애써 믿고 노력하는 것은
이미 우리 안에 없음을 전제하므로 기적이 될 수 없습니다.

기적이란 이 세상에 없는 어떤 것을
우리의 의지와 노력으로 애써서 만들어내는 게 아니라,
이미 우리 안에 존재하는 무언가를
인지하고 끄집어내는 과정입니다.

애써 힘쓰지 않고
내 안에서 자연스럽게 흐르도록 허용합니다.
애써 믿는 게 아니라
그냥 그러할 것을 압니다.

삶에서 벌어지는 일들 중 기적이 아닌 게 하나도 없습니다.
나는 이미 엄청난 기적 속에 있음을 알고
그저 고요히 내게 주어진 모든 것에 감사할 뿐입니다.
이렇게 존재하는 것만으로도 이미 기적입니다.

우리 삶은 기적의 연속입니다

**인간이 인간의 의지로
그 어떤 대단한 일을 해낸다 하더라도,
이 한 호흡의 가치에 비할 바가 못 됩니다.**

밤새 비에 말갛게 씻긴 세상은
공기 한 알 한 알마저 깨끗하고,
바람의 힘을 빌려 내 몸을 휘감는 빗줄기는
놀자며 자꾸만 치덕거리는 아이처럼 정겹기 그지없습니다.

일어나자마자 심호흡 깊게 하고
눈을 감고 온몸을 구석구석 느껴봅니다.
나의 뇌부터 심장, 위, 폐, 간, 소장, 대장, 신장,
위에서부터 쭉 훑어 내려갑니다.
내가 아무런 주의를 기울이지 않아도
몸의 모든 세포는 자기가 해야 할 일을 완벽하게 해냅니다.

내 몸의 생명 활동을 유지하기 위해서

삶을 헤치우듯 살아내는 당신에게

내가 의식적으로 하는 것은 하나도 없습니다.
정말 나는 내 몸에 대해서
할 수 있는 것도, 아는 것도 하나도 없습니다.

그저 몸에서 배고프다고 신호를 보내면 먹고,
잠이 온다고 하면 자고,
배설해야 한다고 하면 배설할 뿐입니다.

심지어 나는 몸 속에 있는 나의 뇌와
심장, 간, 위, 폐, 소장, 대장, 신장이
어떻게 생겼는지 평생 알 수도 없습니다.
내가 내 의지로 심장을 잠시 멈추게 할 수도 없으며,
소화와 배설을 더 느리게 혹은 더 빠르게 조절할 수도 없고,
잠을 자는 것마저도 내가 원하는 시간에
원하는 만큼 잘 수도 없습니다.
내 의식을 넘어선 위대한 어떤 큰 힘이
나에게 작용하고 있음을,
나를 살리고 있음을 인정하지 않을 수 없습니다.

나는 살고 있는 것이 아니라, 살아지고 있는 것입니다.
하지만 우리 인간은 그 사실을 깨닫지 못합니다.
내가 숨을 쉬고, 먹고, 자고, 싸고, 움직인다고 생각합니다.

우리 삶은 기적의 연속입니다

마치 이 몸은 내 것이고,
내가 몸의 모든 것을 주관한다고 착각합니다.

이 몸은 절대 내 것이 아닙니다.
이 몸은 내 마음대로 할 수 있는 그 무엇이 결코 아닙니다.
몸에서 일어나는 모든 생명 활동과
호르몬의 조절 작용 중에서
내 마음대로 할 수 있는 것은 하나도 없습니다.
들이마시고 내쉬는 이 호흡조차 언제 끊길지
우리는 알 수 없습니다.
우리는 매 순간 어떤 큰 힘에 의해 살려지고 있는
특별한 축복을 받고 있는 것입니다.

인간이 인간의 의지로 그 어떤 대단한 일을 해낸다 하더라도,
이 한 호흡만큼의 가치에 비할 바가 못 됩니다.

살아 있기에 이 세상을 보고 느낄 수 있고,
그 안에서 인간들이 행하고 이루는 것들은 전부
아무리 심각한 척, 대단한 척해도
호흡이 끊기면 연기처럼 사라질 환영에 불과합니다.

살아서 존재한다는 것 자체가 기적입니다.

모든 존재는 존재 자체만으로도 기적입니다.

살아 있는 지금,

우리 모두가 기적입니다.

우리 삶은 기적의 연속입니다

온전히 비우지 않으면 온전히 채울 수 없습니다.
'나'라는 집착을 내려놓고,
'내가 했다'는 생각도 내려놓고,
내가 가진 모든 관념을 내려놓습니다.

아침에 눈을 뜨면 가장 먼저 깊게 심호흡을 하며,
오늘도 이렇게 숨쉬고 살아 있음을 온전히 느낍니다.
숨을 들이쉬면 내 안의 우주도 같이 팽창합니다.
숨을 내쉴 때는 내 안을 가득 채우느라
빵빵하게 주었던 힘을 전부 내려놓습니다.

채웠다가 비우고, 가득 힘을 주었다가 내려놓고,
호흡 하나에 삶의 가장 큰 비밀이 숨어 있음을
숨쉴 때마다 느낍니다.

수영할 때 내 안의 호흡을 다 뱉어내지 못하고,
여분의 호흡을 남겨둔 채 계속 들이마시다 보면
가다가 멈추게 됩니다.

삶을 해치우듯 살아내는 당신에게

온전히 비우지 않으면 온전히 채울 수가 없다는
이 놀라운 사실을,
나는 이제야 발견합니다.

뭐든지 그렇습니다.
어정쩡하게 내려놓으면
남아 있는 집착이 자꾸 내 발목을 잡아
앞으로 나아갈 수가 없고,
어정쩡하게 결심하면
그 습관의 고리에서 떠나지를 못하고,
어정쩡하게 비우면
새로운 게 들어와도 기존의 것에 의해 물들기 마련입니다.

온전히 털어내고,
온전히 내려놓고,
온전히 비워야,
새로운 것으로 가득 채울 수가 있습니다.

매 호흡마다 비우고 내려놓는 연습을 합니다.
'나'라는 집착을 내려놓고,
'내가 했다'는 생각도 내려놓고,
내가 가진 모든 관념을 내려놓습니다.

우리 삶은 기적의 연속입니다

그렇게 텅 비운 자리에
새로운 나, 새로운 나의 생각, 새로운 나의 세상으로
다시 채웁니다.

매 호흡의 순간마다 새로운 나, 새로운 세상을
만날 수 있는 기적이 펼쳐집니다.
들숨과 날숨에 삶의 모든 비밀이 있습니다.

잠든 채로 천년만년을
쳇바퀴를 돌리며 산다 한들,
깨어 있는 한순간을 이기지 못합니다.

계곡물에 휩쓸리듯 그렇게
일상의 흐름에 몸을 맡기고 무의식적으로 지내다가,
문득 정신을 차리고 깨어서 이 순간을 바라보고 느끼면
알 수 있습니다.

나는 지금 이 순간을 위해서 존재하고,
빅뱅 이후의 모든 사건들이
지금 이 순간을 위해 벌어진 일들이라는 것이
그 찰나에 느껴집니다.
이 깨어 있는 한순간을 위하여 모든 것들이 존재합니다.

정말 놀랍습니다.
어떻게 이 한순간에

우리 삶은 기적의 연속입니다

그 많은 시간들과 이야기들이 다 담길 수 있는지,
내 이해를 넘어선 이 앎이 그저 신기하고 놀랍습니다.

지금 이 순간의 찰나에 억겁의 시간이 존재하며,
그 억겁의 시간이 품고 있는 이야기들이
이 한순간 안에 고스란히 다 담겨 있습니다.

내 몸과 마음은
여전히 과거, 현재, 미래라는 선형의 시간을 따라 움직이고,
나의 일상도
내 몸에 들인 습관과 무의식의 프로그램대로 채워지는데,
그 일상의 사이사이에서
아주 가느다란 틈을 느낄 수가 있습니다.
다른 차원으로 넘어갈 수 있을 듯한 그 틈은
눈에 보이지도 않고 만져지지도 않지만,
분명 내가 보는 현실의 색감과는 다른 선명함으로
나에게 다가옵니다.

생성과 소멸이 동시에 존재하며,
과거, 현재, 미래가 지금 이 순간에 함께 펼쳐지고,
세상을 가리고 있던 여러 겹의 장막이 걷히면서,
보이는 현실 너머의 또 다른 현실들이

삶을 해치우듯 살아내는 당신에게

중첩되어 있음을 느낄 수 있습니다.
그 중첩된 무수한 현실들 사이에서
우리는 우리의 인식으로 어느 한 현실만을 비추어
경험하고 있습니다.

깨어 있지 않으면,
우리는 똑같은 현실을 무한 반복하게 됩니다.
과거를 현재라는 이름으로 경험하고,
그 현재는 또 미래가 됩니다.
이미 여러 번 본 영화를 극장에서 틀어 준 대로
멍하니 바라보고 있는 겁니다.

잠든 채로 천년을 쳇바퀴를 돌리며 산다 한들,
깨어 있는 한순간을 이기지는 못합니다.
꿈속에서 천년만년을 헤매도 결국은 깨어날 꿈입니다.
그래서 죽음은 두려움과 고통이 아니라
깨어남의 축복일 수 있습니다.

죽음이 두렵지 않으면
삶의 모든 것은 축복이요, 재미있는 놀이가 됩니다.
지금 이 순간 깨어있으면
탄생과 죽음은 존재하지 않습니다.

우리 삶은 기적의 연속입니다

천천히 시간을 들여 세상을 바라보면,
반짝반짝 빛나는 삶의 기적들을
발견할 수 있습니다.

생명의 시작을 알리는 봄꽃들이
팡파르를 울리듯 여기저기에서 꽃망울을 터뜨리고,
봄의 태양빛은 한 올 한 올마다
설렘과 화사함을 가득 담고 있습니다.
마른 나뭇가지에서 쫑긋쫑긋 수줍게 솟아오른
연둣빛의 보들보들한 아기 이파리들은 앙증맞기 그지없고,
살랑살랑 여인네의 치맛자락 같은 봄바람이
내 몸을 부드럽게 휘감고 지나가면
나를 설레게 하기에 충분합니다.

'이 세상이 언제부터 이리 예뻤나' 하고 감탄합니다.
내가 살아온 햇수만큼의 봄을 만났을 텐데,
마치 봄을 처음 맞이하는 듯 모든 것이 새롭습니다.

삶을 헤치우듯 살아내는 당신에게

내가 보지 않으면, 나의 세상에는 존재하지 않습니다.

해마다 목련은 무거운 꽃망울을
그 높은 곳에서도 고개 숙이지 않고
도도하고 꼿꼿하게 피워냈을 것이고,
진달래는 연분홍의 얇은 꽃잎을
이파리도 없이 맨몸으로 봄바람을 맞으며
파르르 떨었을 것이고,
길가에 흐드러지게 핀 들꽃들은
색색의 매력으로 나를 유혹했을 겁니다.

세상이 아무리 우리에게 보석 같은 아름다움과
풍요로운 기적을 여기저기 뿌려놓아도,
보지 못하면 우리에겐 존재하지 않는 겁니다.

늘 안다고 생각하는 머릿속의 세상을 바라보고,
이미 그는 그런 사람이라고 정의 내린
생각 속의 그 사람을 바라보는 우리는,
내 앞의 시시각각 변하는 세상과 타인을
있는 그대로 보지 못합니다.
과거에 내 눈으로 찍은 그 사진만을
계속해서 돌려보고 있을 뿐입니다.

우리 삶은 기적의 연속입니다

이미 안다는 생각을 내려놓고,
내가 찍은 과거의 그 사진을 버리고,
마치 태어나 처음 보는 것처럼
이 세상과 내 앞의 사람을 바라봅니다.
그렇게 깨어서 천천히 시간을 들여 세상을 바라보면,
반짝반짝 빛나는 삶의 기적들을 발견할 수 있습니다.

영원을 사는 비밀은
지금 이 순간에 온전히 깨어서 존재하는 것입니다.

심각할 것도 하나 없고, 그리 중요한 것도 없는,
깃털처럼 가볍고 바람처럼 사라지는
삶이라는 꿈에서
무서워하거나 두려워할 것은 하나 없습니다.

간밤에 요란하게 꾸었던 꿈이
깨어남과 동시에 사라집니다.
꿈에서 깰 때마다 그 허망함과 실없음에 늘 놀랍니다.
나를 그렇게 울고 웃게 만들던 모든 이야기가
일순간에 사라지는 꿈이었다니,
꿈속에서 아무리 천만년을 살고 엄청난 것을 이룬다 해도
결국은 깨어나면 흔적도 없이 사라질 꿈입니다.

가만히 들여다보면 내가 실체라고 생각하는 이 현실도
매 순간 사라지는 꿈입니다.
'지금'이라고 인식하는 순간, 그 순간은 사라져버리고
내가 잡을 수 있는 것은 이 시공간에서 아무것도 없습니다.

우리 삶은 기적의 연속입니다

매 순간이 사라지는 환상이라는 것을 알기에
우리는 어떻게든 고정된 실체라고 여겨지는 것을
움켜쥐려 애씁니다.
사라지는 순간들을 붙잡기 위해 사진을 찍고, 글로 기록하고,
순간마다 소멸하는 나를 대신해서
지식으로 '나'라는 상을 세우고,
돈과 권력, 명예라는 힘 있어 보이는 것들로
그 안을 채우려고 발버둥칩니다.

하지만 이 모든 애씀과 노력에도
우리가 진정으로 충만되지 못하고
늘 갈증과 공허함을 느끼는 이유는,
이것들 또한 사라져버릴 환상임을 이미 알기 때문입니다.

모든 것은 매 순간 사라집니다.
슬프다, 기쁘다, 좋다, 힘들다, 느꼈던 경험들 또한
전부 과거라는 이름으로 사라지고,
과거라는 것 또한 내가 지금 이 순간에 기억하지 않으면
존재하지 않는 허상입니다.

나를 세워주고 지탱해준다고 생각하며
내가 애써 부여잡고 있는 것은 무엇인지 들여다봅니다.

삶을 해치우듯 살아내는 당신에게

들여다보면 볼수록 나에게 힘을 준다고 여기는 그것들 또한
그저 내 생각이 지어낸 환상에 불과함을 알 수 있습니다.

우리는 자신의 머릿속의 환상 속에서 살고 있습니다.
생각이 지어낸 세상과 이야기 안에서
울고 웃고 분노하고 기뻐하며,
이 현실이라는 꿈속을 살고 있습니다.

순간순간, 이 모든 것들이 꿈임을 기억합니다.
심각할 것도 하나 없고,
그리 중요할 것도 하나 없는,
깃털처럼 가볍고 바람처럼 사라지는 삶이라는 꿈에서
내가 무서워하거나 두려워할 것은 하나 없습니다.
그저 지금 이 순간에만 온전히 존재할 뿐입니다.

우리 삶은 기적의 연속입니다

마법의 순간은 눈 깜짝할 사이
내게 다가올 것을 알기에
나는 오늘도 매 순간 깨어 있음을 선택합니다.

새벽에 밖으로 나오니
온 세상이 한 치 앞을 볼 수 없을 정도로
안개가 자욱하게 끼어 있네요.
구름 속에 있는 듯 온통 뿌연 연기에 갇힌 이 세상이
현실 세계가 아닌 듯 몽환적으로 느껴집니다.

지구상의 모든 생명의 에너지를 가득 품고 있는 바다 냄새는
정말이지 좋습니다.
그 안에 태초 생명이 탄생하는 순간이 깃들어 있고,
모든 살아 있는 것들의 냄새가 들어 있으며,
내 몸의 모든 세포 하나하나가 공명하는
근원의 에너지가 들어 있습니다.

삶을 헤치우듯 살아내는 당신에게

이 지구 자체가 살아 움직이는 생명이고
그 안에 내가 살아서 숨쉬고 있다는 것이
경이롭게 느껴집니다.
그렇게 한참을 앉아서 멍하니
안개가 자욱한 바다를 보고 있는데,
거짓말처럼 바람이 한 번 휙 불자
짙은 안개가 일시에 걷히고
밝은 태양이 구름 사이로 빼꼼히 얼굴을 내밉니다.
뿌옇던 세상이 갑자기 선명해지고 환해지면서
본모습을 보여줍니다.
정말 마술 같습니다.
자연은 이런 멋진 기적을 아무렇지도 않게 보여주네요.

자연이 부린 마술처럼
내 안의 미망도 일시에 걷히기를 소원해봅니다.
내가 가지고 있는 모든 허상과 무명에서
이렇게 기적을 부리듯 한순간에 벗어나지기를 바라봅니다.

간신히 코앞만 바라보며
어디로 가는지, 앞에 뭐가 있는지도 모르며
한 발 한 발이 조심스러운 이 미망의 세계에서 벗어나,
높은 곳에서 멀리 훤하게 바라볼 수 있고 모든 것이 선명한

우리 삶은 기적의 연속입니다

그런 깨어난 세상은 얼마나 근사할지 가슴이 설렙니다.
나에게도 이 기적 같은 한순간의 바람이 불어오기를
기대해봅니다.

이런 마법의 순간들은
눈 깜짝할 순간에 내게 다가올 것을 알기에,
나는 오늘도 매 순간 깨어있음을 선택합니다.

깨어있지 않으면
기적은 일순간에 지나갑니다.

삶을 해치우듯 살아내는 당신에게

똑같아 보이는 작은 씨앗이
각자의 모습으로 발현되는 과정 하나하나에서
우주의 경이로움을 느낍니다.

일어나자마자 손가락 꼼질 발가락 꼼질,
숨을 깊게 들이마시며 내가 살아 있음을 느껴봅니다.
내 앞에 펼쳐진 나의 세상을
최대한 정성과 시간을 들여 찬찬히 바라봅니다.
마치 이 세상의 모든 것이 처음인 아이의 눈으로
그렇게 천천히 자세히 살펴봅니다.

참 신기하고 아름답네요.
볼수록 세상이 마법 같고,
어떻게 이렇게 조화롭고 완벽할 수 있는지 감탄합니다.
침대에 누워 새근새근 자고 있는 막둥이를 보는데
애를 셋이나 낳아서 키웠음에도 불구하고,
생명의 탄생과 성장의 경이로움에 늘 놀라게 됩니다.

　　　　　　　　우리 삶은 기적의 연속입니다

이렇게 자기 씨앗 정보대로
정확한 시기에, 정확한 위치에,
정확한 모습으로 잘 자라는 것이
신기하기가 그지없습니다.

눈썹이 나야 할 그 자리에
정확한 위치와 속도로 눈썹이 자라나고,
눈, 코, 입, 귀, 팔, 다리, 이 모든 것들이
정확히 있어야 할 그 모습으로 존재하는 것이 마법 같습니다.
똑같은 엄마 아빠에게서 태어났는데도
셋 다 모두 다른 모습과 성격을 지니고
각기 다른 개성에서 신의 위대함을 느낍니다.

이 세상에서 생명이 태어나고
성장하는 것을 옆에서 지켜보는 것보다
더 신나고 재밌는 일은 없습니다.
똑같아 보이는 작은 씨앗이
각자의 모습으로 발현되는 과정 하나하나에서
우주의 경이로움을 느낄 수 있습니다.

내 아이의 냄새에서, 내 아이의 미소에서
온 우주를 느낍니다.

삶을 헤치우듯 살아내는 당신에게

보이지 않는 것을 보고 믿을 수 있는
인간의 상상력은
신이 인간에게 부여해준 엄청난 능력입니다.

보이지 않는 것을 믿고,
눈앞에 일어나지 않은 일을
생각해내고 느낄 수 있는 인간의 상상력은,
신이 인간에게 부여해준 엄청난 능력입니다.

눈으로 볼 수 없는 '신'이라는 초월적인 존재를
상상하고 믿음으로써
인간은 동물의 원초적인 생존만을 위한 삶을
넘어설 수 있었으며,
아직 일어나지 않은 일들을
상상하고 그려보는 능력 덕분에,
얼마든지 다른 가능성의 현실이 있음을 인지하고
앞으로 도약하는 성장을 이루었습니다.

우리 삶은 기적의 연속입니다

만일 인간에게
보이지 않는 것을 생각해내고 믿는 능력이 없다면
어떻게 될까요?
오직 지금 벌어지고 있는 이 현실만이 진실이며
내가 볼 수 있고 만질 수 있는 것만이 전부라고 생각한다면
우리의 삶은 어떤 모습일까요?

자신이 속한 현실에 갇혀서 옴짝달싹도 못 한 채,
지금 있는 그 자리에서 한 치를 벗어나지 못하고,
눈에 보이는 현실만을 똑같이 반복하며
삶을 마감할 것입니다.

보이지 않는 것을 보고 믿을 수 있다는 것은,
내가 갇힌 현실이라는 매트릭스에서 벗어날 수 있는
엄청난 비밀입니다.
오감이 전해주는 세상에서 벗어나
얼마든지 다른 세상에 존재하는 나를 볼 수 있으며,
내가 '나'라고 한계 지은 경계를 뛰어넘을 수 있는
유일한 열쇠가 됩니다.

상상력이란 얼마나 멋진가요.
아마 사랑 다음으로 인간에게 주어진

삶을 헤쳐우듯 살아내는 당신에게

가장 크고 귀한 선물일 것입니다.

이미 우리 안에는 무엇이든 할 수 있고 될 수 있는
모든 힘이 내재되어 있습니다.
지금 내게 보이는 현실 너머를 바라보고,
스스로 한계 지은 '나'를 확장시켜
더 큰 '나'를 상상하면
이미 그곳에 가 있는 '나'를 볼 수 있습니다.

삶의 모든 힘은
이미 내 안에 있음을 기억해봅니다.

그 어떤 것도 내 마음을 붙잡아 매어 둘 만큼
강한 중력을 지닌 문제가 없고,
나를 가둘 만큼 커다란 틀도 없습니다.

오늘 새벽에는 달은 보이지 않고,
별들만 유난히도 반짝거리네요.
달을 볼 때면 항상 저 달과 지구의 거리를 가늠해보고는
우주의 광활함에 감탄하곤 했었는데,
오늘은 달을 넘어서 저 별들과 지구와의 거리를
상상해봅니다.

38만 킬로미터 떨어진 달을 지나서
화성을 지나고 목성을 지나 태양계를 벗어나서,
수많은 은하들을 봅니다.
이미 얼마나 멀리 떨어져 있는지 공간 감각은 마비되고,
아무것도 없는 깜깜하고 망망한 우주에
내 의식만이 있을 뿐입니다.

삶을 헤치우듯 살아내는 당신에게

무의식의 감정이 나를 끌어내리고
생각이 만들어낸 이야기들이 나를 붙잡아 옭아매려 할 때,
나는 우주를 생각합니다.
인간들이 상상할 수 있는
시공간의 크기를 넘어선 드넓은 우주에서
먼지보다도 더 작은 지구를 바라보고,
그 지구 위에 있는 나를 바라봅니다.

그러면 그 순간에 내 안에서 으르렁대던 생각들은
일시에 사그라지고,
내가 심각하게, 크게 문제 삼으려던 일들은
아무 일도 없던 일이 되어버립니다.

모든 것이 다 그저 우스울 뿐입니다.
내가 지금 중요하다고 생각하는 일들은
애들 소꿉장난에도 못 미치고,
시시비비와 손익을 따지고 싶어 하는 내 마음은
너무나 유치하다 못해 부끄러워지기까지 합니다.

생각이 만들어낸 좁디좁은 감옥에 한 번 갇히면
나는 한없이 쪼그라들고 작아지고 옹졸해집니다.
그 좁은 감옥에 갇혀 옴짝달싹 못 하는 나를 꺼내기 위해선

우리 삶은 기적의 연속입니다

상상력을 이용하여 내 생각의 크기를 키우면 됩니다.

내 생각이 우주로 향하면 내 마음도 우주만큼 커집니다.
내 마음이 우주만큼 커지면
그 안에 담아내지 못할 것은 하나 없습니다.

그 이떤 깃도 내 마음을 붙잡아 매어 둘 만큼
강한 중력을 지닌 문제가 없고,
나를 가둘 만큼 커다란 틀도 없습니다.
그 무엇에도 걸리지 않고 자유로운
무한한 나를 느낄 수 있습니다.

내가 존재하기에 이 세상이,
이 우주가 존재할 수 있습니다.
내가 보지 않고 인식하지 않으면,
세상도 우주도 존재하지 않습니다.

나는 나의 우주를 존재하게 하는 절대적인 관찰자입니다.
내가 보지 않고, 듣지 않고, 만지지 않으면,
세상은 아무런 실체도 지니지 못하는
에너지의 진동에 불과합니다.
내가 바라봄으로써,
내가 만지고 느끼고 들음으로써,
이 세상은 창조가 되는 것이지요.

내가 보지 않으면, 인식하지 않으면,
세상도 우주도 존재하지 않는다니
생각하면 생각할수록 신비롭습니다.

언뜻 보면 이 세상은 나와는 전혀 상관없이 존재하며

우리 삶은 기적의 연속입니다

내 의사 따위는 전혀 개의치 않고 돌아가는 듯 느껴지는데,
이 세상이 온전히 나에 의해서 나를 위해 존재한다니
이보다 더 신나고 경이로울 수가 없습니다.
이미 고정된 세상에서 아무런 영향력도 발휘하지 못하는
무력한 희생자에서, 이 우주를 창조한 창조주로서의
엄청난 신분 상승을 이룬 기분입니다.

지구가 우주의 중심이었던 천동설을 믿던 시대에서,
우주 변두리의 아주 작은 미미한 존재로 쪼그라든
지동설의 시대를 거쳐,
이젠 그 지구에 살고 있는 존재감도 없던 우리 인간이
다시 우주의 중심이 되었습니다.

내가 존재하기에 이 세상이, 이 우주가 존재할 수 있습니다.
시적인 표현이 아니라 과학적인 사실입니다.
이 과학적 사실이 언제 다시 방향을 바꾸어
다른 곡선을 그릴지는 모르지만,
지금의 이 진실이 경이롭게 느껴집니다.

내가 바라보는 대로 세상은 펼쳐집니다.
내가 어떤 생각과 감정으로 바라보느냐에 따라서
이 세상이, 이 우주가 나에게 똑같이 대답해줍니다.

나의 우주를 어떤 모습으로 어떻게 존재하게 할지는
온전히 나에게 달린 것입니다.

세상의 모든 만물은
각자가 각자로서 존재할 수 있을
딱 그만큼의 힘으로만 서로를 잡아당깁니다.

마음에도 닻이 필요합니다.

중력이 우리 몸을 잡아 끌어당겨
두 발을 땅에 딛고 설 수 있게 하듯이,
마음도 우리의 몸과 일상으로부터
너무 멀리 떠내려가지 않게 붙잡아 줄
단단한 닻이 필요합니다.

마음이 몸이 미치는 인력의 범위를 벗어나기 시작하면,
우리는 마음이 이리저리 떠돌아다니는 것을
속수무책으로 바라볼 수밖에 없습니다.
내 마음인데도 내 마음대로 할 수가 없는 거지요.
떠다니는 마음을 잡아보고자

이리저리 몸도 따라 방황하게 됩니다.

그때부터는 아무런 방향성도 없고 실체도 없는 이 마음이
우리의 몸을 휘두르기 시작합니다.
그렇게 한바탕 마음에 휘둘리고 나면
힘이 다 빠진 채로 만신창이가 되어
결국은 제자리에 있는 나를 발견하게 됩니다.

언제 어느 때 변덕을 부려
천방지축 날뛸지 모르는 마음을 쫓느라
정작 내게 중요한 것을 놓치기 전에,
마음에 단단한 닻을 매달아줍니다.
날마다 꽃에 물을 주고, 식물을 가꾸는 것도 좋고,
30분 걷기를 하는 것도 좋고,
책을 열 페이지씩 읽거나,
일기를 단 몇 줄만이라도 쓰는 것도 좋습니다.

그것이 무엇이 되었든
내 일상에 마음을 묶어주는 닻으로 삼고,
그 일에 큰 의미를 부여하면 됩니다.

어차피 이 우주에는 그리 대단한 일도

305   우리 삶은 기적의 연속입니다

의미 있는 일도 없습니다.
우리가 어떤 가치를 부여하느냐에 따라
그 일의 의미가 결정되는 겁니다.

이렇게 일상에 마음을 묶어놓아야
내 마음이 너무 멀리 도망가지 않습니다.

나의 몸을 잡아주는 중력에 감사합니다.
나의 마음이 너무 멀리 방황하지 못하도록
날 지탱해주는 가족과 일상에 감사합니다.

세상의 모든 만물은
각자가 각자로서 존재할 수 있을 딱 그만큼의 힘으로만
서로를 잡아당긴다는 사실이 경이롭습니다.

내가 나로서 존재할 수 있게 해주는 모든 것에 감사합니다.

삶을 해치우듯 살아내는 당신에게

'나'라는 생각에 빵빵하게 들어간 힘을
살짝 빼봅니다. '내가 했다'는 자만심과 오만에
살짝 웃어줍니다.
내가 힘을 쓰는 것만큼 세상과 타인도
그렇게 나에게 힘을 쓰기 마련입니다.

'나'를 내세우지 않으면 문제될 것은 하나도 없습니다.
'나'라는 생각, '내가 했다'는 생각만 내려놓으면,
그 어떠한 일도 내 안에 아무런 걸림도 없이 그냥 흘러갑니다.

태양은 세상 만물을 비추어 생명을 살리면서도
결코 생색내려 하지 않고,
물은 온갖 더러운 것을 품어내고
가장 낮은 곳에 존재하면서도
결코 억울하다고 불평하는 일이 없습니다.

인간을 제외한 지구상의 모든 존재는
그 어느 것 하나 '나'를 내세우는 것이 없습니다.
그저 오면 오는 대로 가면 가는 대로

우리 삶은 기적의 연속입니다

조용히 품어주고 놓아줄 뿐입니다.

왜 우리 인간에게만
'나'라는 아상(我相)이 이리도 강하게 생겨나는 것일까요?

갓난아이는 자기 자신에 대한 관념이 없습니다.
이 세상과 따로가 아니며
엄마와 자신을 분리할 줄을 모릅니다.
그렇게 세상과 하나인 채로 태어난 우리가
언제부터 어떻게 세상과 분리를 느끼고,
'나'라는 개별적인 존재로서
이 세상에 대항해서 살게 되었던 걸까요?
'나'라는 개념이 생기는 순간, 우리는 세상으로부터 떨어지며
내 밖의 수많은 타인으로부터 나를 분리해
내 존재를 증명하고 인정받고자 평생을 고군분투합니다.

하지만 결국은 알게 됩니다.
내가 그렇게 '나'로부터 구별 짓고 싶어 하고 힘겹게 싸워왔던
내 바깥의 타인과 세상이 결국은 '나'라는 사실을.
내가 해왔던 그 모든 몸부림과 노력이
결국은 허공에 휘젓는 헛발질에 불과하다는 것을.

삶을 해치우듯 살아내는 당신에게

우리는 모두 하나입니다.
별로 이해도 안 되고 인정하고 싶지도 않겠지만,
모든 것은 하나에서 나와서 하나로 돌아갑니다.
세상과 나를 분리하고 타인과 나를 구별 짓는 것은,
오직 내 생각이 만들어낸 이야기일 뿐입니다.

'나'라는 생각에 빵빵하게 들어간 힘을 살짝 빼 봅니다.
'내가 했다'는 자만심과 오만에 살짝 웃어줍니다.

잔뜩 비장하고 심각한 얼굴로
세상에 첫발을 내딛는 아이를 따뜻하게 안아주듯,
그렇게 이 세상과 팽팽한 줄다리기를 하고 있는 나에게
부드럽게 미소 지어줍니다.

내가 힘을 쓰는 것만큼 세상과 타인도
그렇게 나에게 힘을 쓰기 마련입니다.

내 세상에 존재하는 모든 타인은
내 모습의 조각들을 품고 있는
나의 일부분입니다.

상대적이고 이원성인 이 세상에서는
타인이 존재하지 않으면 나를 설명할 길도 없고
나 자신을 알 수조차 없습니다.
크고 작고, 길고 짧고, 굵고 가늘고, 잘하고 못하고,
모든 것은 어떤 기준이나 상대가 있어야지
존재할 수 있습니다.

나를 비추어 볼 타인이 없다면
나는 나를 어떻게 알 수 있을까요.
그것은 마치 거울이 없는 세상에서 사는 것과 같습니다.
진짜 내 모습이 어떤지 알지 못한 채,
평생을 내 생각이 지어낸 '나'라는 허상을 붙잡고
그 안에 갇히고 말 것입니다.

삶을 해치우듯 살아내는 당신에게

타인이 있기에 나를 정의할 수 있고,
타인이 있기에 내가 나를 체험할 수 있습니다.

내 안에 아무리 무한한 사랑이 있다 한들
그걸 투영해낼 수 있는 대상이 없다면
무슨 수로 내 안의 사랑을 느낄 수가 있을까요.

타인이 있기에 내가 존재할 수 있고
내 모습을 볼 수 있다는 사실을 기억하면,
타인의 모습이 어떻게 비추어지든 간에 감사할 수 있습니다.
나를 짜증나게 하거나 화나게 하는 내 앞의 사람에게도
속으로 씨익 미소 지으며 바라볼 수 있는 여유가 생깁니다.
그 사람이 있기에 내 안의 이런 감정을 느낄 수 있으니
얼마나 감사한 일인가요.
내 앞의 이 사람은, 나를 비추어 내가 나 자신을 볼 수 있도록
날 위해 일부러 나타난 천사입니다.

타인이 없으면 나도 존재할 수가 없습니다.
내 세상에 존재하는 모든 타인은
내 모습의 조각들을 품고 있는 나의 일부분입니다.

우리 삶은 기적의 연속입니다

**망각은 신이 우리에게 주신 엄청난 선물입니다.
과거의 모든 이야기를 묻어두고
오직 이 순간만 인식하고 느낄 수 있다는 것은
큰 축복입니다.**

망각이라는 것은
신이 인간에게 주신 엄청난 선물임을 깨닫습니다.

생각이 만들어낸 수많은 이야기들을 잊어버리지 않고
모두 껴안고 살아가야 한다면,
우린 일상을 제대로 살아갈 수 있을까요.
살아오면서 받은 무수한 상처와 부끄러움과 고통의 기억들을
고스란히 안고 삶을 살아야 한다면,
우린 숨조차 제대로 쉴 수가 없을 것입니다.

그런데 신은 얼마나 친절하신지요.
우리에게 과거를 마음대로 편집하고 왜곡해서
'기억'이라는 이름으로 저장할 수 있는 능력과,

삶을 헤치우듯 살아내는 당신에게

생존에 방해되거나
일상생활에 별 도움이 되지 않는 기억들은
'망각'이라는 이름으로 묻어둘 수 있는 능력을 주셔서
우리가 지금 이 순간을 살 수 있게 해주십니다.

그 덕에 우리는 필요한 기억만 골라서 저장할 수 있고,
그 기억들마저도 자기 편한 대로 편집해서 기록합니다.
내게 너무 수치스럽게 느껴진 일이나
깊은 상처를 남긴 기억은 적당한 선에서 타협하고,
새로운 이야기들로 덧씌워 포장하거나
망각의 늪으로 아예 보내버립니다.

그래서 기억이란 전부
우리의 착각이나 오해일 수밖에 없습니다.
우리가 과거라고 알고 있는 모든 기억은
결코 진실이 아닙니다.
생각이 지어낸 이야기일 뿐입니다.

신은 또한 우리에게
한 번에 한 가지만을 인식하고
경험하고 느낄 수 있게 해주셔서,
고통스러운 가운데서도 고통을 잊고

기쁨을 느낄 수 있는 순간들을 주시고,
제아무리 복잡하고 힘든 상황에서도
이 순간만을 살아내면 되는
친절한 배려를 우리에게 주셨습니다.

지금의 이 평화와 고요가
얼마나 귀하고 감사한지를 생각해봅니다.
과거의 모든 이야기를 묻어두고
오직 이 순간만 인식하고 느낄 수 있다는 것은 큰 축복입니다.

신의 따뜻한 사랑과 배려에 감사할 뿐입니다.

publisher   instagram

삶을 해치우듯 살아내는 당신에게

초판 발행 2026년 1월 13일

지은이 진세희

펴낸이 최대석 **펴낸곳** 행복우물 **출판등록** 307-2007-14호

등록일 2006년 10월 27일

주소 a1. 서울특별시 종로구 종로1길 50 더케이트윈타워 B동 위워크 2층

     a2. 경기도 가평군 경반안로 115

전화 031-581-0491

전자우편 book@happypress.co.kr

정가 17,800원   **ISBN** 979-11-94192-60-2(03810)